第一人稱單數

一　人　称　単　数

村上春樹

むらかみ　はるき

目次

石枕上

在此要說的，是一名女子的故事。不過，關於她的個人資料，我堪稱毫無所知。連名字和長相都想不起來。而對方，想必也不記得我的名字和長相。

遇見她那年，我還在就讀大二，連二十歲都不到，至於她大約是二十五、六歲。我們在同一職場，同一時期打工。並且因偶發狀況順水推舟共度了一夜。之後再也沒見過。

十九歲時的我，對自己的內心動態幾乎一無所知，當然對別人的內心世界更不了解。但我自認至少還能掌握是喜是悲。只是在喜與悲之間有太多事態，我還未能看清他們彼此的位置關係。而那往往讓我異常不安，深感無力。

但我還是想談談她。

關於她，我所知道的是——她創作短歌，出版了一本歌集。說是歌集，其實只是拿類似風箏線的東西將印刷出來的紙張綴成一冊，再加上簡單的封面，是非常簡單的小本子，甚至談不上自費出版。但裡面收錄的某些短歌，不可思議地深深烙印我心。她寫的短歌，幾乎都是關於男女之愛，以及人的死亡。彷彿要展現愛與死是如何頑強拒絕彼此的分離、分裂。

你／和我的距離／好像很遠吧？
當時是否該／在木星轉機？

將耳朵／貼在石枕上／能聽見的
是血液流動的／無聲，無聲

「欸，我到了的時候，說不定會喊出其他男人的名字，你不介意吧？」她問。當時我們在被窩裡裸裎相對。

「我無所謂。」我說。雖然不是很確定，但那點小事我應該無所謂吧。簡而言之不過是名字的問題。反正名字又不能改變甚麼。

「說不定會很大聲。」

「那可能有點困擾。」我慌忙說。我住的老舊木造雙層公寓，牆壁就像早年令人懷念的威化餅一樣又薄又脆。況且又是三更半夜，萬一她叫得太大聲，隔壁肯定會聽得一清二楚。

「那我到時候咬毛巾好了。」她說。

我從廁所盡量挑了一條比較乾淨、結實的毛巾，取來放在枕畔。

「這樣行了嗎？」

她就像馬試用新的馬銜，一再試咬那條毛巾。然後點點頭。彷彿想說這下子行了。

那純粹是順水推舟發生的關係。我並未特別渴求她，她也沒有特別想要我（我想應該是）。我和她雖在同一職場共事半個月，但是由於工作區域略有距離，之前幾乎毫無機會交談。那年冬天，我在四谷車站附近走大眾平價路線的義大利餐館洗盤子兼任廚房助手，她在前場當女服務生。在那裡打工的都是學生，唯獨她不是學生。或也因此，總覺得她的言行舉止有點超然物外的氛圍。

她將在十二月中旬辭去工作，於是某天打烊後，幾個同事相約去附近居酒屋喝酒。問我要不要一起去。不是送別會那麼鄭重的聚會。只是大家一起花個一小時喝點生啤酒，吃點簡單的下酒菜，天南地北閒聊幾句。那時我才知道，來這家餐館工作前，她曾在小型不動產公司上班，也做過書店店員。她說在每個職場都和上司或老闆處不來。目前在這家餐館雖未與人發生衝突，但薪資太低，靠這點錢很難長久過日子，所以提不起勁，只能另尋新職。

有人問她想找甚麼樣的工作。

「甚麼工作都行。」她用手指摩挲著鼻翼說（她的鼻子旁邊有二顆小痣如星座並列）。「反正也不可能有甚麼了不起的工作。」

當時我住在阿佐谷，她住在小金井。所以散會後我們從四谷車站一起搭乘中央線快速電車回去。我倆並排坐在座位上。時間已過十一點。那是個初冬時節冷風強勁的寒夜。驀然回神才發現，不知不覺已到了需要手套和圍巾的季節。電車駛近阿佐谷，我起身準備下車時，她抬頭看著我，小聲說：「欸，不介意的話，今晚我可不可以住你家？」

「可以啊，但是為什麼？」

「坐到小金井太遠了。」她說。

「我房間很小，而且滿亂的。」我說。

「我完全不在意。」她說。然後挽住我穿大衣的手臂。

她來到我狹小寒酸的公寓，我倆又喝了罐裝啤酒。耗了一點時間喝完啤酒後，她一派理所當然地當著我的面迅速脫下衣服，一眨眼已光溜溜鑽進被窩。之後我也同樣脫掉衣服進被窩。雖然關燈了，但煤油暖爐的火光照得室內明亮。我們在被窩中，笨拙地用彼此的身體取暖。好一陣子都沒人開口。因為突然裸裎相對也不知該說甚麼才好。但我們名符其實地可以切身感到，彼此的身體逐漸溫熱，放鬆了僵硬。那是一種奇妙的親密感。

「欸，我到了的時候，說不定會喊出其他男人的名字，你不介意吧？」

她就是在那時如此問我。

「妳喜歡那個人？」備妥毛巾後我問她。

「對。很喜歡。」她說。「非常、非常喜歡。他的身影時時刻刻縈繞腦海。但他並沒有那麼喜歡我。而且他另有正牌女友。」

「可你們在交往吧？」

「嗯。他想要我的身體時，就會叫我去。」她說。「就像打電話叫外賣。」

我不知該說甚麼才好，只能緘默。她用指尖在我背上描繪了一會圖形。也可能是寫得歪歪扭扭的字。

「他說我雖然長得庸俗，身體卻很帶勁。」

我並不覺得她庸俗，但要稱為美女或許的確有點勉強。具體上是甚麼長相，現在我已完全想不起來，所以無法在此詳細描寫。

「但他一叫妳就會去？」

「因為我喜歡他呀，沒辦法。」她理所當然地說。「不管被怎麼批評，有時候還是想被男人抱。」

對此我稍微思考了一下。但「有時還是想被男人抱」對女性而言具體上是甚麼心理狀態，當時的我實在無法想像（仔細想想，其實現在好像也不大理解）。

「喜歡上一個人，就像是患了醫療保險不理賠的精神病。」她說。聲音平坦如在朗讀牆上的文字。

「原來如此。」我感嘆。

「所以你也把我當成別人沒關係喔。」她說。「你有喜歡的對象吧？」

「有啊。」

「那你到了時，也喊那人的名字沒關係喔。我完全不介意。」

但那個女人——當時在我心中有個雖然喜歡，卻因某些緣故無法接近的女人——的名字，我並未喊出。想過要喊，但中途忽然覺得很荒謬，最後我不發一語直接在她體內射精。她的確想大聲喊出男人的名字，我不得不急忙把毛巾用力塞進她的齒間。她的牙齒看起來非常堅固。牙醫如果看到了大概會不由感動。當時她脫口而出的是甚麼名字，我已忘了。只記得那是個平凡無奇、很普通的名字。我記得當時還曾感嘆，即便是那麼普通的名字，對她也有重大意義啊。只不過是個名字，有時卻能強烈動搖人心。

隔天我一早有課，必須繳交等同期中考的重要報告，但我當然蹺課了（因此日後遇到種種麻煩，不過那又是另一個故事了）。快中午時我們終於醒了，燒開水沖泡即溶咖啡喝，烤土司吃。冰箱還剩幾個雞蛋也煮來吃掉了。蔚藍的天空萬里無雲，晨光非常耀眼，令人懶洋洋。

她咬著塗抹奶油的土司，問我在大學念甚麼科系。我說是文學系。

她問我是否想當小說家。

我老實回答並無那種打算。當時的我壓根沒打算要當小說家。連想都沒想過（班上倒是有一大堆同學宣稱要當小說家）。我如此回答後，她似乎就對我失去興趣。雖說本來大概就沒甚麼興趣。

在午間的明亮陽光中，看著毛巾上清晰印有她的牙印感覺很不可思議。想必她當時咬得很用力。陽光中的她本人，看起來也格格不入。我眼前這個面色蒼白、瘦骨嶙峋的矮小女子，實在不像是在窗口照入的冬季月光中，被我抱在懷中發出性感呻吟的同一個女人。

「我在創作短歌。」她幾乎是唐突地說。

「短歌？」

「短歌你知道吧？」

「那當然。」即便是不解世事的我，起碼也知道短歌是甚麼。「不過仔細想想，這還是我頭一次遇見真的在寫短歌的人。」

她開心地笑了。「可是，世上真的有這種人喔。」

「妳加入了那種創作團體？」

「不，不是那樣。」她說。並且微微聳肩。「短歌一個人就能寫。對吧？又不是要打籃球。」

「是甚麼樣的短歌？」

「你想聽？」

我點頭。

「真的？不是配合我的話題虛應故事而已？」

「是真的想聽。」我說。

這並非謊言。就在數小時前，還在我懷中婉轉呻吟，大聲喊出別的男人名字的女人，到底會歌詠甚麼樣的短歌，我真的還滿想知道的。

她遲疑了一會說。「現在就開口吟詠，太難為情了我做不到。況且現在還是早上呢。不過我出版了一本類似歌集的小冊子，如果你真的想看，改天我寄給你。能否把你的名字和這裡的住址給我？」

我在便條紙上寫了姓名住址交給她，她看了一下，折成四折塞進大衣口袋。那是淺綠色相當老舊的大衣。圓領之處別著鈴蘭花形狀的銀色胸針。我記得那胸針在向南窗口照入的日光中璀璨發亮。我對花卉並不了解，唯獨鈴蘭花，不知怎地從以前就很喜歡。

「謝謝你讓我住一晚。昨晚我是真的很不想一個人搭電車回小金井。」她離開房間時說。「女人偶爾會有這種時候。」

我們在那一刻就已明白。今後二人想必不會再見面。她只是那晚不想獨自搭電車回小金井——如此而已。

一周後我收到她郵寄的「歌集」。老實說，我幾乎沒抱任何期待會真的收到那種東西。她和我分開回到小金井的住處時，八成已把我徹底拋諸腦後（或者盡可能想趕快忘記），總之我以為她絕對不可能費這麼大的工夫把歌集裝進信封，寫上我的姓名住址，貼上郵票，特地去郵筒投寄——說不定還得走到郵局。所以某天早上，當我在公寓信箱看到那個信封時，不由大吃一驚。

歌集的名稱是《石枕上》，作者名字只寫著「Chiho」。我連那是本名還是筆名都無法確定。在打工地點照理說應該聽過多次她的名字，可我偏偏就是想不起來。但我唯一可以確定的就是同事絕非喊她「Chiho」。牛皮信封上沒寫寄信人的姓名住址，也沒有附上信箋或卡片。只有一本用白色風箏線裝訂的單薄歌集默默裝在信封內。不是刻鋼板的油墨印刷，好歹是漂亮的活字印刷，紙質也很厚實高級。想必是作者本人把印刷好的紙張按照頁數一一折疊，再加上厚紙做的封面，一本一本仔細用線裝訂成冊——

為了節省出版費用。我試著想像她一個人默默進行這種類似家庭加工的作業（但我想像不出來）。第一頁用印章蓋著二十八這個號碼。是限量版的第二十八本嗎？總共不知做了多少本？翻來翻去都沒找到價錢。或許本來就沒那種東西。

我沒有立刻翻開那本歌集。放在桌上閒置了一陣子，不時會朝封面瞄上幾眼。並不是沒興趣，但我感到要閱讀某人創作的歌集——尤其對方還是一周前剛和自己肌膚相親的人——想必需要做好一點心理準備。或許類似某種儀式。我是在那個周末傍晚才拿起歌集翻開。倚靠窗邊的牆，在冬日的暮光中閱讀。這本歌集總共收錄了四十二首短歌。一頁一首。數量絕不算多。完全沒有序言或後記。也沒有註明出版日期。只有白紙上空出大片餘白，排列著毫無修飾的黑色鉛字印刷成的短歌。

當然我並未期待看到甚麼了不起的文學作品。正如前面也提過的，我只是有一點點私人興趣。我很好奇曾在我耳邊咬著毛巾呼喚某個男人名字的女子，到底會寫出甚麼樣的短歌。但是瀏覽著那本歌集，我發現自己竟被其中的某些短歌吸引。

當時我對短歌幾乎一無所知（現在當然也同樣無知）。所以甚麼樣的作品算是優秀的短歌，甚麼樣的作品沒那麼優秀，我無法做出客觀判斷。但撇開優不優秀那種基準不談，她創作的某些短歌——具體而言是其中的八首——具備了打動我心深處的某種要素。

比方說有一首是這樣的。

此時此刻／時刻若是現在／這一刻

唯有此刻／方可突破現在的僵局

被山風／割首／無言地
於繡球花的根部／六月之水

說來不可思議，翻開詩歌集，看著上面用大號鉛字印刷的每一首短歌，並且出聲朗讀時，那晚看到的她的身體，就在我腦海如實重現。不是隔天在晨光中看到的她那平凡無奇的模樣，而是她在月光中被我抱在懷裡，包裹著光滑瑩潤肌膚的身體。形狀漂亮的渾圓乳房，堅挺的嬌小乳頭，稀疏的黑色陰毛，濕淋淋的性器。她迎向高潮，緊咬著毛巾閉上雙眼，在我耳邊一次又一次悲切呼喚著別的男人的名字。呼喚著我已經想不起來的某個男人極為平凡的名字。

明知／再無／重逢時

卻又想／沒道理無法重逢

會再相見嗎／抑或就此／結束一切呢

被光引誘／任影踐踏

她如今是否還在繼續創作短歌，我當然無從得知。正如前面也提過的，我連她的名字都不知道，長相也幾乎完全想不起來。我記得的僅有歌集封面的「Chiho」這個名字，以及她被窗口照入的冬季銀白月光浸潤的毫無防備的柔軟肉體，還有鼻翼如星座排列的二顆小痣。

我也曾想過，或許她已不在人世。總覺得她很可能已在甚麼地方自殺了。因為她寫的短歌大多數——至少在那本歌集收錄的短歌大多數——都毫無疑義地追求死亡的想像。而且不知為何是被利刃割首。那或許就是她心目中的死法。

整個午後／這下個不停的／滂沱雨中
無名的刀斧／將黃昏斬首

但不管怎樣，我都在內心一隅期盼她還在這世間某處。偶爾會想，希望她好好活下去，至今仍能繼續創作短歌。為什麼？為什麼我會特地那樣想？在這世界，實際上明明並無任何東西連結我與她的存在。縱然在哪條街上錯身而過，或者在餐館的桌子比鄰，明明也毫無可能（我猜想）認出彼此的長相。我們就像二條直線相交，在某一點短暫交會，隨即各分東西。

之後經過漫長的歲月。很不可思議的（也可能並沒有那麼不可思議），人在瞬間就老了。我們的身體無法回頭地時時刻刻步向殞滅。當我們閉眼片刻，再次睜眼時，會發現許多東西已消逝。被深夜的強風吹襲，他們——有既定名稱的和沒有既定名稱的——全都了無痕跡地消失了。只剩下些許記憶。不，就連記憶都不大靠得住。我們的身上當時真正發生了甚麼，有誰能夠明確斷言？

即便如此——我是說如果幸運的話，有時也會有一些話語留在我們身邊。他們在深夜爬上山丘，鑽進根據體型挖出的小洞穴，大氣也不敢出地巧妙等待呼嘯的時間之風過去。等到天亮，狂風平息後，倖存的話語就會悄悄從地面探頭。他們多半聲音小又怕生，往往只有多義性的表現手段。但他們還是做好準備當證人。當一個誠實公正的證人。然而為了創造、或找出那種有耐性的文字留下紀錄，人有時不得不無條件地獻出自己的身，自己的心。是的，我們不得不把自己的腦袋，放在冬季月光照亮的清冷石枕上。

或許除我之外，這世上再也無人記得她創作的短歌，遑論僅憑記憶背誦出其中幾首。那本用風箏線裝訂的單薄私家版歌集，如今被眾人遺忘，除了我手上這本「二十八號」之外一冊也不剩，都被吸入木星與土星之間的某處無明黑暗消失了。或許就連她自己（即使她仍平安活著），對於自己年輕時創作的短歌，可能也已印象模糊。而我之所以至今還這樣記著她的短歌，或許只是因為和那晚她咬的毛巾牙印的記憶連結，就這麼簡單。至於始終記著這種事，一再從抽屜取出那本已泛黃變色的歌集重讀，究竟有多大的意義和價值，我自己也不明白。老實說，是真的不大明白。

但是不管怎樣，它都留下了。其他的言語和思緒皆化為飛塵消失無蹤。

無論是砍斷／或被砍斷／石枕
只要碰上後頸／你瞧，便化為飛塵

奶油

我對某個比我年輕的朋友談起十八歲時經歷的怪事。為什麼會提到那個，我已不大記得原委。總之就是湊巧提到了。但不管怎樣。我的十八歲已是遙遠過往。幾乎像古代史。而且那個故事甚至沒有結論。

「當時我已經高中畢業。沒上大學。也就是所謂的重考生。」我先如此說明。「心情雖然不上不下，倒也沒有特別煩惱。因為我知道，如果想找個還過得去的私立大學就讀，隨隨便便都進得去。但我爸媽叫我考國立大學，明知考不上我還是報考了，果然沒考取。當時的國立大學，數學是必考科目，但我對微積分毫無興趣。所以幾乎像要製造不在場證明似地，無所事事耗了一整年。我也沒上補習班，每天就去圖書館專挑磚頭厚的小說看。我爸媽大概還以為我在努力備考。可這也不能怪我。比起研究微積分的原理，看完整套巴爾札克全集當然更愉快。」

那年十月初，我收到某個女孩寄來的鋼琴演奏會邀請函。她比我低一個年級，曾經跟隨同一位老師學鋼琴。我倆還彈奏過一次莫札特為四手聯彈寫的小品。但我十六歲時不再學鋼琴，之後也沒見過她。現在為何會突然邀請我去那種場合，我不明所以。是對我感興趣？怎麼可能。她的長相雖然不是我的菜，好歹也是所謂的美女，總是穿著時髦的新衣，就讀昂貴的私立女校。不管怎麼想，都不可能會對我這種不起眼的普通男孩感興趣或芳心暗許。

四手聯彈時，我要是出錯，她總是面露不悅。她鋼琴彈得比我好，而且我很容易緊張，所以二人並肩坐著彈琴時我經常出錯。偶爾也會撞到對方的手肘——儘管那並非太困難的曲子，而且我負責的還是比較簡單的部分。每次她都會露出「真是夠了」的表情。甚至微微——卻又讓人聽得很清楚——不耐煩地咂嘴。我至今還能想起那種嘖嘖聲。我之所以下定決心不再學鋼琴，或許就是那個聲音造成的。

不管怎樣，我和她的關係只不過是湊巧去同一家鋼琴教室上課的學生。如果在鋼琴教室碰面當然會打招呼，但我不記得有過親密的私人對話。所以突然收到她寄來的獨奏會（不是她一個人，是小團體的三人聯合舉辦的獨奏會）邀請函，對我而言是個意外，或者該說很困惑。但那年的我，別的沒有唯獨就是有空，所以我還是寄出了同意出席的回函。她為何現在忽然想到邀請我去她的鋼琴獨奏會，我很好奇原因——如果真有甚麼原因的話——也是我同意出席的理由之一。或許她後來琴技更上一層樓，想讓我見識一下。也可能有甚麼事想私下告訴我。總之我大概正在四處碰壁學習如何正確處理好奇心的途中吧。

演奏會會場在神戶的山上。搭乘阪急電車在＊＊車站下車，轉乘公車沿著迂迴的陡坡上山。在靠近山頂的公車站牌下車，走一小段路後，就有某財團旗下公司經營的小音樂廳，演奏會就是在那裡舉行。我頭一次聽說在山上那種交通不便的地方——那是幽靜的高級住宅區——居然有音樂廳，不過這世上當然還有太多我所不知道的事物。

因為是受邀出席，我心想不帶點禮物好像不大好，於是在車站前的花店請店員幫我選了一束花包紮好，跳上正好駛來的公車。那是個寒冷陰霾的周日下午。天空覆蓋厚重的灰雲，彷彿隨時會飄落冷雨。沒有風。我在素色薄毛衣外，穿了藍灰色人字紋外套，斜背帆布包。外套太新，帆布包太破舊。而且一手還拿著透明紙包裹華麗的紅色花束。我這副打扮搭乘公車，引得周遭乘客不時朝我瞄來幾眼。或者是我覺得被人注視。連我自己都知道我臉紅了。當時的我動輒就會臉紅。而且紅潮久久不退。

我為什麼會在這種地方？我在座位上縮起肩膀，一邊拿掌心冷卻發燙的臉頰，一邊如此自問。為了並不特別想見的女孩，並不特別想聽的鋼琴獨奏會，竟然還拿零用錢買花，在看起來隨時會下雨的十一月周日午後，專程跑來這種山頂上。當初把同意出席的回函投進郵筒時，我的腦子肯定不正常。

隨著逐漸上山，公車上的乘客越來越少，終於抵達指定的公車站牌時，車上只剩下我和司機二人。我下了公車，按照明信片上的指示，走上徐緩的坡道。每次拐彎，有時可見港口風景，有時看不見。港口有很多吊車。由於天空陰霾，海面染上暗色彷彿鋪滿鉛片，朝空中伸出的堅硬吊臂，看似從海底爬出的醜陋生物的觸角。

上坡之後，周遭的房子變得越來越巨大豪華。每棟房子都蓋在氣派的石牆上，有巨大的大門和可容納二輛汽車的車庫。杜鵑花叢修剪得非常漂亮。近處傳來大型犬的叫聲。狗高聲吠叫三下，之後似乎被人嚴厲喝止就此沉默。

我根據明信片上寫的地址和簡略的地圖上坡，但走著走著，隱約有不祥的預感在心中膨脹。有點不對勁——首先，行人太少了。從我下了公車開始走路，就沒遇見過任何路人。雖有二輛汽車擦身而過，但都是從山上下來的自用車。如果這一帶真的在舉辦演奏會，照理說應該有更多人活動才對。可是四下不見人影，一切陷入深沉的死寂。彷彿頭頂上的厚重雲層吸走了所有聲音。

該不會是哪裡搞錯了？

我從外套口袋掏出邀請函，再次確認地點和時間。說不定是我不小心看錯了。但是不管我再怎麼仔細重看，還是沒錯。路名是對的，公車站牌的名稱也是對的，日期時間也是對的。我做個深呼吸讓自己冷靜，然後再次邁步走出。不管怎樣只能先去那個音樂廳看看。

好不容易走到那棟建築物時，我發現對開的巨大鐵門緊閉。鐵門上重重纏繞粗大鎖鏈，還掛著巨大的掛鎖。周遭不見人影。從鐵門縫隙雖可看到還算不小的停車場，但是沒有任何車輛。石板之間冒出綠色雜草，看來停車場已經很久沒人使用了。可是門上掛的大門牌，宣告著那棟建築的確就是我要找的音樂廳。

我試著按下門上的對講機，但無人接聽。過了一會我再次試按，還是悄然無聲。我瞥向手錶。再過十五分鐘演奏會就要開始了。但是鐵門不像能打得開。門上的油漆四處剝落，似乎已經開始生鏽了。我也想不出其他辦法，因此為求謹慎起見我又按了一次對講機，而且按得比之前更久，但得到的回應還是一樣——只有深深的沉默。

我不知該怎麼辦，倚靠沉重的鐵門呆站了十分鐘。一邊還抱著淡淡的期待，或許待會就會有誰出現。然而誰也沒出現。鐵門內外都看不出有何動靜。沒有風，鳥不叫，狗不吠。頭上依然是大片灰色雲層無垠籠罩。

這時我終於死心，（除此之外我還能怎樣？）拖著沉重的步伐走向來時路。走向剛剛下車的公車站牌。雖不清楚到底是怎麼回事，但今天這裡顯然沒有舉辦甚麼鋼琴獨奏會。我只能拿著紅色花束就此打道回府。屆時我媽肯定會問我，「這束花是怎麼回事？」我只能隨口搪塞。其實我很想把花扔進車站的垃圾桶，但是如果就此扔棄——當然是在我個人看來——這麼貴的東西未免太糟蹋。

朝山下走了一會後，道路靠山的這頭有個小公園。佔地約有一棟房子那麼大吧。盡頭就是徐緩的山壁。雖說是公園，但並沒有飲水台，也沒有遊戲道具。只不過在中央突兀地蓋了一座有屋頂的小涼亭。涼亭四面是斜格子狀圍籬，上面稀疏纏繞著常春藤。周遭有灌木，地面鋪著方形石板。

不知是基於甚麼目的建造，但似乎有人定期維護，樹木和花草都修剪得很整齊，雜草也剪過，四周不見任何紙屑。但我之前上坡時，壓根沒注意到有這樣的公園就直接走過去了。

為了釐清思緒，我走進公園，在涼亭圍籬邊的長椅坐下。一方面固然也是想再觀望一下事態發展（說不定人們會突然出現），但是一旦坐下，才發現自己其實很累。是那種明明早就累積疲憊卻未察覺，還繼續這樣過日子，直到現在才終於發現的有點不可思議的疲憊方式。從涼亭入口可以將港口一覽無遺。堤防停泊了很多大型貨櫃船。從山上俯瞰，碼頭堆積的方形金屬貨櫃就像桌上放零錢或迴紋針的那種小盒子一樣迷你。

之後遠處傳來人聲。是透過擴音器傳來的聲音。內容聽不清，只知那人正將語句明確地一一斷句，客氣地、完全不帶感情地發話。好像是要盡量客觀地傳達甚麼極為重要的事情。我忽然懷疑，說不定那是對我（只對我）傳遞的私人訊息。我懷疑那人是特地來指點我，我錯在何處，我看漏了甚麼。按照常理那絕不可能，但那一刻不知為何我就是那麼想。我豎起耳朵。聲音越來越大，變得容易聽清了。八成是車頂架設擴音器，沿著坡道緩緩開上來吧（似乎一點也不急著趕路）。最後我才發現那是基督教的傳教車。

「人皆有死。」那個發話者用冷靜、有點單調的聲音宣告。「所有的人遲早都會迎接死亡。這個世界沒有任何人不會死。而且也沒有人不會受到死後的審判。所有的人死後，都會因為犯的罪受到嚴厲的審判。」

我坐在長椅上，聆聽那些訊息。我覺得很不可思議，為何非得在這種冷清的山上住宅區傳教。這一帶住的都是家裡有好幾輛車的有錢人。想必幾乎都不求甚麼解脫罪惡的救贖吧。不，或許我錯了？也許收入和地位，與罪惡和救贖是兩回事。

「但是向耶穌基督尋求救贖，懺悔罪過的人，主會饒恕他的罪。可以免於地獄業火之苦。所以請你們相信神。唯有信神者，才能得到死後的救贖。並且得到永恆的生命。」

我等著那輛基督教的傳教車在眼前的道路出現，為我更詳細地解說死後的審判。說甚麼都行，用堅定有力的語氣說出的話，想必就是我此刻尋求的。但車子並未出現。擴音器的聲音似乎正朝這邊接近，可是從某一刻起忽然又變得微弱模糊，後來就甚麼也聽不見了。八成是在哪個轉角拐向另一個方向走掉了吧。那輛車未現身就離去，讓我感到自己被整個世界遺棄。

這時我霍然驚覺，也許我被她騙了。這個念頭不知從哪浮現腦海——不，也許該說是直覺？她基於某種理由——雖然我想不出那會是甚麼理由

——提供假訊息，誘騙我在周日的午後來到這種偏僻的山上。或許發生了甚麼事，讓她對我抱有私人怨恨。也或許並沒有甚麼理由，只是單純看我不順眼到忍無可忍的地步。於是寄來捏造的演奏會邀請函，看到我受騙（或者該說，是想像我滑稽的糗樣），正躲在哪偷笑，也說不定是大笑。

但人們會只因為惡意，就搞出這麼大費周章的惡作劇嗎？光是印刷明信片想必就很麻煩。一個人可以惡意到這種地步嗎？我完全不記得做過甚麼讓她記恨的事。不過人有時在不自覺的情況下，也可能踐踏他人的心意、傷害他人的自尊或讓他人不快。我試著思索這種並非絕不可能的怨恨有哪些可能，或許發生過的誤解又有哪些可能，但無論哪一種，我都想不出頭緒。就在我這樣毫無收穫地往返於感情的迷宮之際，我的意識逐漸迷失目標。驀然回神，才發現已無法順暢呼吸。

當時，我大概一年會出現一兩次這種症狀。想必是類似精神壓力造成的過度呼吸。某種情狀發生令我心情混亂，結果造成氣管堵塞，肺部無法順利吸入空氣。我陷入被激流吞沒幾乎溺斃時的那種恐慌狀態，身體也變得不聽使喚。我只能當場蹲下閉上眼，耐心靜待身體恢復正常節奏。雖然隨著成長這種情況已逐漸消失（對了，不知不覺也不再會臉紅），但是十幾歲時的我好像還抱著種種麻煩的問題。

我在涼亭長椅上緊閉雙眼，蜷身等待從那種封鎖狀態解脫。或許等了五分鐘，也可能是十五分鐘。我不太清楚到底有多久。總之那段期間，我靜觀黑暗中浮現又消失的奇妙圖形，一邊慢慢數數一邊努力調整呼吸。心臟在肋骨的牢籠中，如膽怯的老鼠四處逃竄般發出不規律的窸窸窣窣聲。

驀然回神才發現（我的意識集中在數數，因此費了一點時間才發現），我的面前有人。某人的視線鎖定在我身上——我有那種感覺。我小心翼翼地緩緩睜眼，稍微抬起頭。心跳依然有點紊亂。

涼亭對面的長椅不知幾時坐了一個老人，正在直視我這邊。對十幾歲的少年而言，很難猜出老人的年齡。因為看起來全都只是老人。六十歲或七十歲有何差別？總之他們和我們不同，已經不年輕——如此而已。這個老人身材瘦削不高不矮，穿著藍灰色毛線開襟衫，褐色燈芯絨長褲，深藍色運動鞋。無論哪一樣，看起來似乎都已從新品出廠後歷經了漫長歲月。但是也並不寒酸。白髮看似粗硬，耳上有幾撮頭髮如戲水小鳥的羽毛翹起。沒戴眼鏡。不知老人是甚麼時候來的，但他似乎已經觀察我一段時間了。至少我那樣覺得。

我猜大概會被問「你沒事吧？」之類的問題。因為我看起來想必很痛苦（實際上的確很痛苦）。那是我看到老人後，腦海浮現的第一個念頭。但我猜錯了，他甚麼也沒說，甚麼也沒問，只是把束緊的黑色洋傘當成枴杖用雙手緊握。那把傘有麥芽糖色的木製傘柄看起來堅固耐用，真有甚麼狀況時大概還能當成武器。八成是這附近的居民吧。因為除了傘，他甚麼也沒帶。

我依舊坐在那裡調整呼吸，老人就默默冷眼旁觀。他的視線始終鎖定在我身上，沒有片刻游移。我覺得很不自在（感覺就像擅自闖入別人家院子），我恨不得盡快從長椅起身走向公車站牌。但不知為何我就是站不起來。就這樣過了一段時間。老人唐突開口了。

「是有好幾個圓心的圓。」

我愕然抬頭，直視對方的臉。四目相對。我發現他的額頭異樣寬闊，鼻子很尖。就像鳥喙一樣尖銳。見我不發一語，老人用沉靜的聲調又說了一遍同樣的話。「是有好幾個圓心的圓。」

他到底想說甚麼，我當然聽不懂。我驀然懷疑，說不定此人就是剛才那輛基督教傳教車的駕駛？也許他把車停在附近，來這裡小憩片刻？不，不可能。聲音差太多了。擴音器的聲音是個更年輕的男人。不過那也可能是錄音帶的聲音。

「您是說圓？」我只好出聲詢問。對方是年長者，我也不好意思不回話。

「有好幾個圓心，不，有時甚至有無數個，而且是沒有外圍圓周的圓。」老人擠出額頭的皺紋說。「這樣的圓，你能想像嗎？」

我的腦子還是不大清醒，但基於禮貌，我試著想了一下。有好幾個圓心，而且沒有外圍圓周的圓。但我想像不出那種東西。

「我不知道。」我說。

老人默默盯著我。似乎在等我說出比較有建樹的意見。

「我記得數學課好像沒學過那樣的圓。」我無力地補充。

老人緩緩搖頭。「對，那當然。那還用說嗎？學校當然不會教那種東西。真正重要的事啊，學校絕對不會教。你也知道的。」

我也知道？這個老人憑甚麼這麼斷定？

「實際上真有那種圓嗎？」我問。

「當然有。」老人說著，一再點頭。「那種圓絕對存在。只不過並非人人都看得見。」

「您看得見？」

老人沒回答。我的問題就這麼尷尬地在空中飄浮了一會，最後逐漸模糊消散。

老人說：「你知道嗎，你只能靠自己一個人的力量想像。你要好好絞盡腦汁去思考。思考有好幾個圓心而且沒有外圍圓周的圓。唯有付出那種流血流汗的認真努力，才能夠逐漸看見那是甚麼樣的東西。」

「聽起來好像很困難呢。」我說。

「那當然。」老人像要吐出甚麼硬物似地說。「這世上，只要是有點價值的東西，沒有一個是可以不費吹灰之力到手的。」然後他像是文章要另起一行般簡潔地咳了一聲。「不過，耗費時間和心力，完成那件困難的事情後，那會成為人生的奶油。」

「奶油？」

「法語有『créme de la crème』的說法，你知道嗎？」

我說不知道。我對法語一無所知。

「奶油中的奶油，意思就是最好的東西。人生最重要的精華——那就是『créme de la crème』。你懂嗎？除此之外，全都是乏味無趣的事。」

這個老人在說甚麼，當時的我不太理解。créme de la crème？

「你想想看。」老人說。「再次閉上眼，仔細想想。有好幾個圓心，而且沒有外圍圓周的圓。你的腦子，是為了思考困難艱深的事物。是為了把不懂的事情搞懂。可不能軟趴趴地過於懈怠喔。現在正是重要時期。是鞏固、打造大腦和心靈的時期。」

我再次閉上眼，努力試圖在腦中想像那個圓。不能軟趴趴地懈怠。必須思考有好幾個圓心，而且沒有圓周的圓。但無論我再怎麼認真思考，當時的我還是無法理解其意。我所知道的圓，是只有一個圓心，將距離圓心等距的點連結，形成圓周的圖形。是用圓規可以畫出來的單純圖形。老人說的，基本上就不符合圓的定義吧？

但我不相信那個老人真的腦子不正常。也不認為他在戲弄我。此時此刻，他正試圖向我傳達某種重要訊息。雖不明白為什麼，但我至少能夠理解這點。所以我更加拚命思考。但無論怎麼想，思緒依舊只是在原地打轉。有好幾個（或者無數個）圓心的圓，怎麼作為一個圓存在？那是高等哲學式的比喻嗎？我投降地睜開眼。我需要更多線索。

然而老人已不見蹤影。我四下張望，到處都沒發現人影。彷彿本來就沒有那號人物存在。是我看到幻影嗎？不，那當然不是甚麼幻影。他分明就在眼前，用力握緊雨傘，語帶沉靜地對我發話，留下不可思議的問題。

驀然回神時，我已恢復正常的平穩呼吸。激流已經不知去向。港口的上空，原本籠罩天空的厚重灰雲也開始絲絲縷縷出現缺口。微微散開的雲層間隙射下一線光芒，照亮吊車駕駛室的鐵皮屋頂。彷彿精確地瞄準那一點。我百看不厭地久久凝視那甚至堪稱神話式令人印象深刻的光景。

我身旁放著透明紙包裹的小捧紅色花束。宛如那天我身上發生的一連串奇妙事件的小小證據。我遲疑片刻，最後還是決定把花束留在涼亭的長椅上。我覺得這樣做應該最正確。我站起來，朝之前下車的公車站牌邁步走去。好像有點起風了。那陣風吹散鬱積在頭頂上的雲層。

說完這個故事時，比我年輕的朋友沉默了一下終於開口。「雖然我完全抓不住這故事的要點，但總之當時真的發生了甚麼吧？其中有某種意圖或原理在作用吧？」

他是在問，那個晚秋周日的午後，我在神戶山上面臨的奇妙狀況——按照收到的明信片上的指示去演奏會會場一看，發現那是無人的建築——究竟意味著甚麼，為何會帶來那麼不可思議的事態。若說當然的確是理所當然的疑問。因為我敘述這個故事時幾乎沒有任何結論。

「這點，我自己到現在也依舊不明白。」我老實回答。

是的，一切皆如神祕的古代文字，徒留無法解讀的謎團。當時發生的事件令人費解、無法說明，而且也令十八歲的我深深困惑混亂。甚至短暫迷失了自我。

我說：「但我覺得原理或意圖那種東西，在此好像並非太重要的問題。」

他聽了之後一頭霧水地看著我。「你是說，那究竟是怎麼一回事，根本沒必要知道？」

我默默點頭。

友人說：「可是如果是我，我想我會很在意。為何變成那樣，我大概會很想知道真相。如果換成我處於同樣立場的話。」

「我那時當然也很在意。」我說。「我想了很久那是怎麼回事。想必也有點受傷。但是隨著時間過去，當我隔了一段距離重新審視，那一切好像漸漸變成無關緊要的瑣事。我想那或許是和人生的奶油毫無關係的事。」

「人生的奶油。」他說。

我說：「我們的人生有時會出現那種事。無法解釋也不合邏輯，可是唯有心靈被深深擾亂。那種時候或許甚麼也不用想甚麼也不用考慮，只能閉著眼熬過去吧。就像鑽過巨浪的下方。」

年輕的友人沉默片刻，思索那波巨浪。他是資深的衝浪好手，關於海浪，有太多應該認真省思的事。然後他終於開口：「但是甚麼都不想肯定很困難吧。」

「是啊，或許很困難。」

那個老人說，這世上，只要是有點價值的東西，沒有一樣是可以不費吹灰之力到手的。就像畢達哥拉斯在闡述定理時那樣，抱著堅定不移的確信。

「所以，關於那個有好幾個圓心卻沒有圓周的圓，」年輕的友人最後問。「你找到甚麼解答了嗎？」

「誰知道。」我說。然後緩緩搖頭。誰知道？

到目前為止的人生中，每次發生無法解釋、不合邏輯卻又深深擾亂心靈的事件時（雖然不至於經常，但的確發生過幾次那種事），我總是會思考那個圓——有好幾個圓心卻沒有圓周的圓。一如十八歲那年在那涼亭的長椅做過的，閉上雙眼豎耳傾聽心臟的跳動。

有時覺得那是怎麼回事我好像大致理解了，但如果更深入思考卻又再次茫然。如此一再反覆。但那想必不是作為具體圖形的圓，而是只存於人類意識中的圓吧。我如是想。比方說打從心底愛上一個人，或是對甚麼深感憐憫，對這世界的存在方式懷抱理想，找到信仰（或者類似信仰的東西）時，我們或許就會非常理所當然地理解、接納那個圓的存在——不過那當然純粹只是我模糊的推論。

你的腦子，是為了思考困難艱深的事物，是為了把不懂的事情搞懂。那會變成人生的奶油。除此之外，全都是乏味無趣的事。白髮老人如是說。那個秋末的陰霾周日午後，在神戶的山上。當時我拿著小捧紅色花束。並且迄今，每當有甚麼事時，我還是在繼續思考那個特別的圓，或者是在思考關於乏味無趣的事，以及自己內在應該存在的特別的奶油。

查理・帕克演奏巴薩諾瓦

（Charlie Parker Plays Bossa Nova）

大鳥回來了。

那是多麼美妙的聲音！是的，那個大鳥展開強壯的雙翼回來了。在這顆行星的所有場所——從新西伯利亞到廷巴克圖——人們想必都會仰望天空，目睹那偉大的鳥影，發出歡呼吧。而世界也將再次洋溢嶄新的陽光吧。

時間是一九六三年。距離人們最後一次聽到大鳥查理．帕克的名字，已有一段漫長的歲月。大鳥如今在哪做甚麼？世界各地愛好爵士樂的人們都在如此竊竊私語。他應該還沒死。因為沒聽到他死掉的傳聞。不過——又有人說，也沒聽說他還活著喔。

人們最後一次聽到大鳥的消息，是他被贊助人妮卡伯爵夫人接走，在夫人的豪宅養病。只要是爵士迷都知道，大鳥是標準的癮君子。他吸食海洛因——那種致命的白粉。再加上傳言他患有嚴重的肺炎，還有各種內臟疾病，飽受糖尿病折磨，最後甚至還罹患精神病。就算運氣好能夠活下來，現在恐怕也等同廢人，根本不可能再拿起樂器。大鳥就這樣從眾人面前消失，成為爵士樂界的美麗傳說。那是一九五五年前後的事。

但八年後的一九六三年夏天，查理．帕克再次拿起薩克斯風，在紐約近郊的錄音室錄製了一張專輯。那張專輯的名稱是《Charlie Parker Plays Bossa Nova》！

你能相信嗎？

你最好相信。因為那真的發生了。

以上是我大學時寫的文章開頭。有生以來第一次被印刷出來，替我賺來微薄的稿費。

當然實際上並沒有《查理・帕克演奏巴薩諾瓦》這張唱片。查理・帕克於一九五五年三月十二日過世，巴薩諾瓦透過史坦蓋茲等人的演奏在美國爆紅是一九六二年。但是如果帕克活到一九六〇年代，對巴薩諾瓦音樂產生興趣，演奏出來的話……我是根據這個假設來撰寫這篇虛擬的唱片樂評。

但是採用這篇文章的某大學文藝雜誌總編輯以為真有這張唱片，毫不懷疑地當成一般樂評，直接刊登在雜誌上。總編輯的弟弟是我朋友，是他把我推薦給那家雜誌：「這傢伙寫文章挺有趣的，你不妨用用看。」（這本雜誌只出版四期就廢刊了，那篇稿子刊登於第三期。）

我是以「查理・帕克遺留的珍貴錄音帶偶然在唱片公司的保管室被人發現，這才初次公諸於世」這樣的設定寫成這篇文章。自己講這種話有點不好意思，但就連細節都設定得嚴絲合縫有理有據，我認為就某種角度而言是充滿熱誠的文章。最後甚至連我自己都差點懷疑是否真有這麼一張唱片。

雜誌發行後，我的文章引起不少回響。那本是不起眼的大學文藝刊物，通常幾乎不會有任何對雜誌內容的回響。但世間似乎有不少視查理・帕克如神明的粉絲，據說編輯部收到好幾封抗議信說我這是「無聊的惡搞」、「輕浮的褻瀆」。不知是世人欠缺幽默感，還是我的幽默感本就扭曲，這方面我不知如何判斷。不過其中似乎也有人對我寫的文章信以為真，當真跑去唱片店要買那張唱片。

總編輯雖對我糊弄他抱怨了一番（其實我沒有糊弄他，只是省略了詳細說明），但是刊登的文章引起那麼大的反應，儘管大半都是批判，他心裡似乎還是挺高興的。最好的證明，就是他說今後我如果寫了甚麼文章，不管是評論或創作都行，可以拿給他看看（可惜還沒來得及給他看，雜誌就倒了）。

前面提到的我那篇文章接下來是這樣的。

……查理．帕克和安東尼奧．卡洛斯．裘賓。究竟有誰能預測到這樣非凡的搭檔？吉他手是吉米．雷尼，鋼琴手是裘賓，貝斯手是吉米．蓋瑞森，鼓手是洛伊．海因斯。光是看到這些名字就會心跳加快，這是多麼有魅力的伴奏組合。至於薩克斯風當然是大鳥查理．帕克負責。

且讓我寫出曲目吧。

A面

①Corcovado

②Once I loved（O Amor em Paz）

③Just friend

④Bye bye blues（Chega de Saudade）

B面

①Out of nowhere

②How Insensitive（Insensatez）

③Once again（Outra Vez）

④Dindi

除了〈Just friend〉和〈Out of Nowhere〉這二首，其他都是出自卡洛斯．裘賓之手的名曲。非裘賓創作的二首，是過去因帕克自己的卓越演奏而聞名的招牌樂曲，在此也加入巴薩諾瓦的節奏，以全新的方式演奏（而且只有這二首，鋼琴手由裘賓改為多才多藝的資深鋼琴家漢克．瓊斯）。

話說，身為爵士樂發燒友的你，聽到《查理．帕克演奏巴薩諾瓦》這個唱片名稱，會有甚麼想法？起初肯定是大吃一驚，接著應該就有滿滿的好奇心與期待在心頭發酵吧？可是說不定沒過多久，又有戒心緩緩抬頭——就像剛才還晴空萬里的美麗山頭，倏然出現不祥的烏雲。

等一下！你說大鳥，那個查理．帕克演奏巴薩諾瓦？大鳥會出自本心想演奏那種音樂？該不會是屈服於商業主義，被唱片公司哄騙，這才朝這年頭的「流行玩意」伸手吧？就算是他本人真的想演奏那種音樂，這種被咆勃爵士樂浸透深入骨髓的薩克斯風手的演奏風格，和來自南美的酷音樂巴薩諾瓦能夠完美調和嗎？

不，撇開音樂風格先不談，基本上經過八年的低潮，他還能像以前那樣隨心所欲地駕馭樂器嗎？至今仍能維持那麼高水準的演奏能力和創造性嗎？

老實說，我也不得不感到那種不安。一方面強烈期待盡快聽到那個音樂，另一方面又害怕聽了之後會失望。但這張專輯，此刻我屏息聽完好幾遍後，我想明確斷言。不，我甚至可以爬到高樓大廈的頂上，對著所有街道放聲大喊。如果你是爵士樂發燒友，不，只要是愛好音樂的人，對於熾熱的心和淡定的頭腦創造出的這種迷人音樂，不管怎樣你都該先傾聽一下。

（中略）

這張專輯首先令人驚訝的，是卡洛斯．裘賓簡潔毫無贅飾的鋼琴風格，以及大鳥那滔滔雄辯流暢奔放的音樂，二者精彩得難以形容的合作。卡洛斯．裘賓的聲音（他在這張專輯沒有唱歌。我指的純粹是樂器的聲音），以及大鳥的聲音，或許你會說在性質和方向性都差距太大。這二人的聲音當然有很大的差異。說不定要找到共通點更困難。再加上二人似乎都絲毫沒有努力讓自己的音樂去配合對方的音樂。但那種違和感本身，二人聲音的差異，正是創造出無與倫比的美妙音樂的原動力。

• •

各位不妨先仔細傾聽A面第一首〈Corcovado〉。在這首曲子，大鳥並未吹奏開頭的音樂主旋律。他只在最後一段和聲演奏主旋律。起先只有卡洛斯．裘賓用鋼琴靜靜演奏那聽慣的主旋律。節奏群在背後保持沉默。那旋律讓我們想起少女坐在窗邊眺望窗外美麗夜景的眼神。幾乎是以單一音調演奏，不時悄悄添加簡單的和弦。彷彿在少女的肩下，溫柔塞進柔軟的抱枕。

鋼琴演奏完主旋律後，猶如暮色的淡影從窗簾的縫隙之間滑入，大鳥的薩克斯風悄然而來。驀然回神，他已在那裡。那銜接流暢的裊裊音符，彷彿潛入你夢中的無名綺思。在你心靈的沙丘留下你期盼風吹過後永不消失的精妙沙紋，那是溫柔的傷痕……。

後面的文章就省略吧。接下來的記述只是在堆砌裝模作樣的修飾。但各位應已抓住那音樂的大致概念了吧。當然那音樂並不真實存在。或者說應該不存在。

這個故事到此先結束。從這裡開始是後日談。

很長一段時間，我完全忘記學生時代寫過那種文章。後來我的人生變得出乎意料地繁忙，那篇虛擬的樂評，到頭來，也只不過是年輕時不負責任信手捻來的玩笑。但是大約過了十五年後，那篇文章以意外的形式回到我面前。就像自己擲出後已忘記的迴力鏢，在意想不到的時候飛回手裡。

當時我因工作關係滯留紐約市內，趁著餘暇就在住宿的飯店附近散步，走進位於東十四街的小型中古唱片行。在店內，我竟然在查理・帕克的專區發現《Charlie Parker Plays Bossa Nova》這個專輯名稱的唱片。是類似海盜版的私家製唱片。白色唱片封套的正面沒有圖案或照片，只用黑色鉛字冷淡地印出專輯名稱。背面印著曲目和演奏者名單。驚人的是，曲目和演奏者的名字，都和我學生時代隨手捏造的一模一樣。只有二首是漢克・瓊斯取代卡洛斯・裘賓彈鋼琴。

我拿著那張唱片，呆立原地連話都說不出來。身體某個深處，好像有一個小小的部位麻痺了。我再次環視四周。這裡真的是紐約嗎？這分明是紐約的市中心。我在紐約市中心的小型中古唱片行，並沒有誤入幻想世界，也不是在做一個超級寫實的夢。

我把唱片從封套取出。唱片上貼著白色標籤，標籤上印刷專輯名稱和曲目。沒有唱片公司的商標。我又看唱片的音軌。兩面各有四首音軌。我詢問站在收銀台前的長髮年輕店員，這張唱片能否試聽。他搖頭。他說店裡的唱機故障，無法試聽。不好意思喔。

唱片標價三十五美元。我遲疑許久，拿不定主意該怎麼辦。但最後我還是沒買那張唱片就走出唱片行。因為我想那八成是誰無聊的玩笑，是某個無聊人士按照我的記述假造出這張虛擬唱片的外型。八成是找了一張A面與B面各有四曲的其他唱片，沾水撕下標籤，再用漿糊貼上手工製作的標籤。花三十五美元買那種冒牌貨，不管怎麼想都太傻。

我獨自走進飯店附近的西班牙餐館喝啤酒，吃了簡單的晚餐。之後在附近漫無目的散步時，心中突然冒出後悔。剛才還是該買下唱片才對。哪怕那是無意義的冒牌貨，哪怕價錢過分昂貴，總之還是該買下來。作為我迂迴曲折的人生中一個奇特的紀念品。我當下又走向十四街。雖然我盡快趕去，但唱片行已經關門了。鐵門上的牌子寫著平日上午十一點半開門，七點半打烊。

翌日上午我再次造訪。一個穿著圓領鬆垮變形的毛衣，頭髮稀薄的中年男人坐在收銀台，正在看報紙的體育新聞喝咖啡。那似乎是咖啡機剛剛煮出的咖啡，店內隱約瀰漫新鮮又令人安心的香氣。由於才剛開門，除了我沒有其他客人，天花板的小喇叭傳出菲羅·桑德斯的古老音樂。看來他似乎就是唱片行老闆。

我在查理・帕克的那一區搜尋，卻未找到那張唱片。昨天我明明把唱片放回那裡了。我只好把爵士樂那一區的所有櫃子都找了一遍。因為我想或許是被亂塞到別的地方了。但我怎麼找都找不到那張唱片。難道那麼短的時間就被賣掉了？我去收銀台，對穿著圓領毛衣的中年男人說：「我在找昨天在這裡看到的一張爵士樂唱片。」

「是甚麼唱片？」他的眼睛依然盯著紐約時報說。

「Charlie Parker Plays Bossa Nova。」我說。

男人放下報紙，摘下金屬細框老花眼鏡，緩緩轉向我。「不好意思，麻煩你再說一次？」

我又說一次。男人不發一語，啜了一口咖啡，然後微微搖頭。「沒有那種唱片。」

「當然。」我說。

「若是《Perry Como Sings Jimi Hendrix》倒是有存貨。」

「派瑞・寇摩演唱——」我說到一半，就明白對方在開玩笑。此人屬於冷面笑匠。「可我真的看見了。」我說。「但我想那應該只是製作出來開玩笑的。」

「你在我店裡看到那張唱片？」

「對。昨天下午，就在這裡。」我向他說明那張唱片。是甚麼樣的封面，收錄了甚麼曲子。而且標價三十五美元。

「我想一定是哪裡搞錯了吧。我店裡沒那種唱片。爵士樂唱片的進貨和標價，都是我一個人包辦，如果見過那種唱片我說甚麼都會記得。」

他說著搖搖頭，又戴上老花眼鏡。接著正要繼續看體育新聞，又忽然念頭一轉再次摘下老花眼鏡，瞇起眼定睛看著我。然後他說：「不過，如果你哪天弄到那張唱片了，一定要讓我聽聽看。」

還有一則後日談。

在那很久之後（老實說，就是最近的事），某晚我夢見查理・帕克出現。夢中查理・帕克為我，只為我一個人演奏〈Corcovado〉。沒有伴奏，只有薩克斯風獨奏。

不知從哪個縫隙射入陽光，縱長形的光線中只有大鳥佇立。那大概是晨光。是新鮮、率直、還不含多餘成分的光線。大鳥面對我這邊的臉孔隱沒在暗影中，但是勉強可看出他穿著深色雙排扣西裝，白襯衫，亮色領帶。他手上的薩克斯風髒得沒法說，滿是灰塵和鏽斑。有一個折斷的按鍵用湯匙柄和膠帶顫巍巍地黏在一起。看到那個，我不由納悶不解。就算是大鳥查理・帕克，用這麼破爛的樂器能夠吹出正常聲音嗎？

這時，我的鼻子突然嗅到馥郁芬芳的咖啡香氣。那是多麼有魅力的氣味啊。是滾燙濃郁、剛煮好的黑咖啡的氣味。我的鼻腔喜悅得微微顫抖。

但那個氣味雖令我心動，我始終目不轉睛看著眼前的大鳥。因為我怕只要稍微一錯眼，大鳥說不定就會趁隙消失。

不知為什麼，當時的我就是知道那是作夢——我現在，正夢見大鳥出現。有時就是會發生這種情形。一邊作夢一邊確信「這是夢」。而且夢中自己能夠如此鮮明地聞到咖啡的香氣，讓我有種不可思議的感動。

接著大鳥把嘴抵著吹口，像要測試簧片的狀況般小心翼翼吹出一個音。等那個音緩緩消失後，又安靜地、同樣慎重地吹出幾個音。那些音在原地浮游片刻後，輕柔地落到地上。那些音一個不留地落地，被吸入沉默中之後，大鳥又朝空中送出一連串比之前更深、更有核心的音符。就這樣開始演奏〈Corcovado〉。

究竟該怎麼形容那音樂才好呢？大鳥為我一人在夢中演奏的音樂，事後回想起來，與其說是成串音符，毋寧更近似瞬間的全面照射。我可以清晰想起那音樂的存在。但我無法重現音樂的內容。也無法按照時間回溯。就像我無法用言語說明曼荼羅的圖案。我只能說，那是直達靈魂深處核心的音樂。是那種會讓人感到聽之前和聽完後，自己的身體構造有點不同的音樂——這樣的音樂，世上的確有。

「我死的時候，才三十四歲。三十四歲喔。」大鳥對我說。我想大概是對我說。因為那個房間只有我和大鳥二人。

我對他的話不知該如何反應。在夢中要做出適切的行動非常困難。所以我只是默默等待他繼續說。

「三十四歲死亡是怎麼一回事，請你想想看。」大鳥接著說。

我試著想像如果自己在三十四歲死掉，那時會有甚麼感想。三十四歲的我，尚處於很多事物都剛開始的狀態。

「對呀，我也是才剛開始。」大鳥說。「人生才剛開始。可是驀然回神，四下張望時，卻發現一切都已結束。」他靜靜搖頭。他整張臉都還在陰影中，所以我看不見他的神情。他那傷痕累累的骯髒樂器，用帶子掛在脖子上。

「死亡當然永遠是唐突的。」大鳥說。「但同時也是異常緩慢的。和你腦中浮現的美妙樂章一樣。那雖是瞬間發生的事，同時卻又可以無限延長。從東海岸到西海岸那麼長——或者直到永遠那麼長。在那裡，失去了時間這個概念。就這個角度而言，我或許天天雖生猶死。不過，實際上真正的死還是很沉重。在那一刻之前還存在的東西突然就完全消失。徹底歸於虛無。而以我的例子，那種存在就是我自己。」

他低頭盯著自己的樂器看了半晌。之後再次開口。

「你知道我死掉的時候在想甚麼嗎？」大鳥說。「在我腦海中，只有一個旋律。它翻來覆去，始終在我腦中哼唱。那個旋律一直縈繞不去。有時不是會有這種情形嗎？一個旋律佔據腦子。那旋律竟然是貝多芬的鋼琴協奏曲一號第三樂章的一節。旋律是這樣的。」

大鳥輕哼那段旋律，那旋律我也聽過，是鋼琴獨奏的部分。

「貝多芬寫的旋律之中，這是最搖擺的一節。」大鳥說。「我從以前就特別喜歡那首一號協奏曲，不知聽過幾百遍了。我聽的是阿圖爾·施納貝爾演奏的黑膠唱片。但是說來不可思議。我查理·帕克死時，腦中精挑細選出來一再哼唱的竟是貝多芬的旋律。之後黑暗降臨，彷彿就此落幕。」

大鳥發出沙啞的低笑聲。

我無話可說。對於查理·帕克的死我究竟能說甚麼？

「不管怎樣，我必須向你道謝。」大鳥說。「是你給了我再一次生命，讓我演奏巴薩諾瓦音樂。這個體驗對我而言比甚麼都開心。當然如果能活著真的那樣做，肯定會更興奮。不過就算是在死後，也已是充分美好的體驗了。因為我一直喜歡各種新類型的音樂。」

那你是為了向我道謝，今日才在此出現？

「對呀。」大鳥說。彷彿聽見了我的心聲。「我就是為了向你道謝才順路過來。為了說聲謝謝。很高興你喜歡我的音樂。」

我點頭。或許我該說些甚麼，但當下還是想不出適當的言詞。

「派瑞・寇摩演唱的吉米・罕醉克斯啊。」大鳥忽然想起似地嘀咕。然後又用沙啞的嗓音吃吃笑了。

之後大鳥就消失了。先是樂器消失，接著是不知從哪照入的光線消失。最後大鳥也不見了。

從夢中醒來時，枕畔的時鐘是凌晨三點半。當下四周仍是一片漆黑。

本該充斥房間的咖啡香氣早已消失。室內沒有任何氣味。我去廚房拿杯子接了好幾杯冷水喝。然後坐在餐廳的桌前，試圖再次重現大鳥為我，只為我一個人演奏的那段美妙音樂，哪怕只是一丁點。但我還是連一小節都想不起來。大鳥說過的話倒是可以重現腦海。趁著記憶尚未淡去，我把他講過的話盡量正確地用原子筆寫在筆記本上。那就是關於那個夢我唯一能做的。是的，大鳥為了向我道謝特來我夢中現身。為了感謝我在很久以前提供機會讓他演奏巴薩諾瓦音樂，並且隨手拿起現成的樂器，為我吹奏了〈Corcovado〉。

你能相信嗎？

你最好相信。因為那真的發生了。

與披頭同行

（With the Beatles）

上了年紀後感覺最奇妙的，不是自己老了這件事。也不是昔日年少的自己，不知不覺已步入被稱為老齡的階段。最驚訝的，毋寧是和自己同年代的人們都已徹底變成老人……尤其是我周遭曾經美麗活潑的女孩們，如今到了想必連孫子都有兩三個的年紀。想到這裡，就覺得很不可思議，有時也會有點哀傷。不過對於自己老了，倒是絲毫不覺得哀傷。

為了昔日的少女們紅顏老去而哀傷，大概是因為不得不再次體認我少年時懷抱的夢想已經失效。夢想的死亡，就某種意味而言，或許比現實中的生命迎來死亡更可悲。有時甚至感到那似乎非常不公平。

我至今對一個女孩——昔日曾是少女的一名女性——印象深刻。但我並不知道她的名字。當然也不知道她現在何處過得怎樣。我所知道的，頂多只有她曾和我就讀同一所高中，同齡（她的胸口別著的徽章顏色代表和我同一學年），而且大概很重視披頭四的音樂。除此之外甚麼也不知道。

那是一九六四年，披頭四旋風席捲全世界的時代。季節是初秋，高中的新學期開始，每日的生活總算看似安頓下來之際。她獨自快步走過學校走廊。裙襬翻飛，似乎正急著去某處。我在老舊校舍的昏暗長廊和她錯身而過。除了我倆，當時沒有任何人。她非常慎重地將一張唱片抱在懷裡，是《With the Beatles》這張黑膠唱片。披頭四四名成員的黑白照片被處理成半明半暗。那個封面令人印象深刻。那張唱片在我記憶中，不是美國版也不是日本國內版，是英國原版。不知為何唯獨那點非常清晰。

她是個美少女。至少在當時的我看來，她是個出色的美少女。個子不算太高。烏黑的頭髮很長，腿很細，散發迷人的香氣（不，那或許是我自以為是，也許根本沒有甚麼香氣。但總之我就是這麼覺得。擦身而過時好像有非常迷人的香氣）。當時我被她強烈吸引——一個將黑膠唱片《With the Beatles》緊抱在胸前的不知名美少女。

我的心跳強勁又劇烈，幾乎無法好好呼吸，恍如沉到游泳池底，周遭的聲音倏然遠去，只聽見耳朵深處微微響起的鈴聲。彷彿有誰在急著想通知我具有重大意義的某種東西。但那一切的發生只有十秒或十五秒那麼短暫。它猝然發生，當我察覺時早已終了。本該在那裡的重要訊息，就像所有的夢的核心一樣，迷失在迷宮中。一如人生中的重要事件多半如此。

高中的昏暗走廊，美少女，搖曳的裙襬，以及《With the Beatles》。

我只有在那時見到那個少女。之後直到高中畢業為止，那幾年之中我再也沒見過她。仔細想想還挺奇怪的。因為我就讀的，是位於神戶山上某間規模相當大的公立高中，一個年級多達六百五十名學生（那是所謂的「嬰兒潮世代」，所以人數很多）。因此不可能每個人都認識，不知姓名和長相的學生毋寧更多。但即便如此，我幾乎每天上學，頻頻往返走廊，卻一次也沒有再遇過那個美少女，不管怎麼說似乎都不太合理。畢竟我每次走過學校走廊，都會四下留意有沒有遇到她的機會。

她如一陣輕煙消失無蹤了嗎？抑或，那個初秋的午後，我只是做了一個虛幻的白日夢？又或者我在昏暗的學校走廊，把那個少女過度美化，之後即便和現實中的她面對面，也相見不相識？（三者之中，最後一個可能性似乎最高。）

之後，我認識了一些女子，也有過親密的交往。每次邂逅新的女子，我總感覺自己似乎在無意識中期盼，當時的情愫——那個一九六四年的秋天我在學校昏暗的走廊偶遇的光輝瞬間——能夠在心中重現。那強勁又沉默的劇烈心跳，喘不過氣的窒息感，耳朵深處傳來的細微鈴聲。

有時我能夠抓住那個，有時無法如願（很遺憾，鈴聲並未充分響起）。也有時雖然抓住那種感覺，卻又在某個轉角虛無地迷失。但不管在哪種場合，那種重現的感覺，經常扮演了我心目中所謂的「憧憬的水平鏡」。

當我在現實世界無法順利抓住那種感覺時，我會在心中悄悄重溫過去那種感覺的記憶。於是記憶有時成了於我而言最珍貴的感情資產之一，也成了活下去的心靈寄託。彷彿在大衣的大口袋中，悄然熟睡的熱呼呼小貓。

還是回頭來說披頭四吧。

披頭四在全世界獲得驚人的人氣，是在我遇見那個少女的前一年。到了翌年一九六四年四月，全美暢銷排行榜從第一名到第五名皆由披頭四獨佔。在流行音樂的世界，這當然是前所未聞的現象。不妨來看看當時那五首暢銷曲。

①Can't Buy Me Love
②Twist and Shout
③She Loves You
④I Want to Hold Your Hand
⑤Please Please Me

單曲〈Can't Buy Me Love〉在美國，光是預售據說就賣了二百一十萬張。這表示早在唱片真正上市銷售前，已經達成了雙白金。

披頭四在日本當然也人氣極高。只要打開收音機，幾乎每次都在播放披頭四的歌曲。我在那個年代也很喜歡披頭四的許多歌曲，也記得他們當時流行過的所有暢銷曲。如果叫我唱，我甚至唱得出來。因為當時我總是坐在桌前一邊做學校功課（或者假裝在做），一邊開著收音機聽音樂節目。

不過老實說，我從來不是披頭四的狂熱粉絲，也沒有積極地主動去聽他們的歌。他們的曲子我聽得耳朵都長繭了，但那純粹是被動地傳入耳中，不經過大腦思考的流行音樂，只不過是從Panasonic手提式收音機的小喇叭傳出的青春時代的背景音樂。或許也可說是音樂壁紙。

高中時乃至上大學後，我都沒買過披頭四的唱片。當時的我被爵士樂和古典樂強烈吸引，認真聽音樂時，聽的都是那類音樂。我省下零用錢購買爵士樂的唱片，在爵士樂咖啡廳點歌聽邁爾士．戴維斯和塞隆尼斯．孟克的音樂，去聽古典樂的音樂會。

我因偶然的契機主動去買披頭四的唱片，還算認真地豎耳傾聽，是更久之後的事。不過那又是另一個故事了。

若說不可思議的確不可思議，《With the Beatles》這張披頭四的專輯，我是在過了三十五歲之後才第一次從頭到尾認真聽完。雖然對記憶中那個抱著唱片走過高中走廊的少女，留下太深刻的印象，可我有很長一段時間始終提不起勁真的聽聽看那張黑膠唱片。雖不知為什麼，總之她抱在胸前的那張塑膠盤的溝槽刻劃著甚麼樣的音樂，似乎並未特別勾起我的好奇。

直到過了三十五歲，已經不是少年也不再是青年的我，終於聽到那張黑膠唱片時，第一個念頭是，那絕非美妙得令人屏息的音樂。專輯收錄的十四首歌曲之中，有六首是翻唱其他音樂人的歌，至於披頭四自己創作的八首歌曲，除了保羅麥卡尼創作的〈All My Loving〉，也稱不上特別出色（至少我是這麼認為）。他們翻唱瑪佛列特女子合唱團（The Marvelettes）的

〈Please Mr. Postman〉，以及查克·貝里的〈Roll Over Beethoven〉的成果斐然，迄今聽了還是會很佩服他們「果然厲害」，但那畢竟是翻唱曲。披頭四在這張唱片沒有收錄暢銷單曲只收錄新歌的挑戰精神或許值得讚賞，但就音樂的清新度而言，在我聽來，之前那張幾乎是即席創作的出道專輯《Please Please Me》毋寧更勝一籌。

但是他們這第二張專輯，在英國衝上音樂排行榜冠軍，佔據那個位置長達二十一周（在美國，這張專輯和英國版的內容略有不同，專輯名稱也改為《Meet the Beatles!》，但封面設計幾乎完全一樣）。想必是因為大眾就如跋涉沙漠的人們渴求新鮮的清水般熱烈要求更多披頭四的音樂，再加上專輯封面上四人那半明半暗的黑白照片給人的印象太出色，才能達成這種佳績吧。

實際上強烈吸引我的，也是一名少女小心翼翼抱著那唱片封面的身影。如果少了披頭四的唱片封面，擄獲我的魅惑感，想必也不會如此鮮明了。音樂就在那裡。但真正在那裡的，雖包含音樂卻超乎音樂，是更巨大的某種東西。而那種情景，在一瞬間鮮明烙印在我心靈的相紙上。被烙印的，是某一時代某一場所的某一瞬間，只有那裡才有的精神光景。

翌年一九六五年發生最重要的大事，不是美國總統詹森下令對北越大規模轟炸，越戰一下子升高緊張情勢，也不是在日本西表島發現了西表山貓，而是我交到一個女朋友。我和她在高一同班。當時還談不上交往，但是到了高二後因為偶然的契機開始正式交往。

為了避免各位誤會，我想先聲明，我長得並不英俊，也不是明星運動選手，學業成績也不怎麼亮眼。唱歌不好聽，口才也不怎樣。所以無論在學生時代或畢業之後，我從來沒有被不特定多數的女性愛慕的經驗。不是我自豪，那的確是我在這不確定的人生中能夠秉持確信斷言的少數事情之一。不過，即便如此，不知怎地基本上每次還是會有女性對這樣的我產生興趣主動接近。比方說在學校的班級，起碼就會有一個這樣的女孩。她們對我的哪一點感興趣或產生好感，老實說我一頭霧水。但不管怎樣，我和她們得以共度還算美好的親密時光。我和她們成為好朋友，有時關係也變得比較親密。她也是那種女性之一——應該說，她是第一個關係變得比較親密的女孩。

我第一個女友，是嬌小迷人的少女。那年暑假，我和她一星期約會一次。某天下午，我親吻她圓潤嬌小的嘴唇，隔著胸罩碰觸她的乳房。那天她穿著白色無袖連身裙，頭髮散發柑橘洗髮精的香氣。

她對披頭四的音樂似乎絲毫不感興趣。對爵士樂也沒興趣。她愛聽的是曼托瓦尼樂團，或者伯希信心樂團、羅傑·威廉斯、安迪·威廉斯、納金高這些四平八穩，所謂中產階級式的音樂（在當時，「中產階級式的」絕非歧視字眼）。每次去她家玩，都會看到很多那種唱片。是現在所謂的輕音樂。她把自己喜歡的唱片放在唱盤上，放給我聽。她家客廳有非常氣派的大型音響。之後我們在沙發上接吻。那天下午，她家的人都不在，家中就只有我倆。那種情況下，不管放的是哪種音樂，老實說全然不重要。

關於一九六五年的夏天，我能想起的，是白色連身裙，柑橘洗髮精的香氣，非常堅固的鋼圈內襯胸罩的觸感（當時的胸罩與其稱為內衣，簡直近似堡壘要塞），伯希信心樂團流暢演奏的〈夏日之戀〉。至今只要聽見〈夏日之戀〉，那張軟綿綿的大沙發還是會浮現腦海。

附帶一提，我和她同班時的班導師，數年後（我記得應該是一九六八年。因為和羅伯特·甘迺迪遭人暗殺是同一時期）在自家門楣上吊自殺。是社會科的教師。據說自殺原因是思想鑽入死胡同。

思想鑽入死胡同？

是的，一九六〇年代後半，思想鑽入死胡同也會導致人們自殺。儘管不是那麼常見。

當我想到自己與女友以伯希信心樂團浪漫流麗的音樂為背景，在夏日午後的沙發上笨拙擁抱之際，那位社會科教師或許正朝著致命思想的死胡同，也可說是朝著沉默堅硬的繩索打的死結，一步一步走近，不知怎地我忽然有種不可思議的感受。甚至驀然有點愧疚。因為在我過去遇見的教師之中，那位老師算是相當稱職。撇開結果是否成功先不談，他對自己班上的學生一直努力做到盡量公平。雖然從未私下親密交談，至少他給我那種印象。

一九六五年也和前一年一樣，是屬於披頭四的一年。一月有〈I Feel

Fine〉，三月是〈Eight days a Week〉，五月是〈Ticket to Ride〉，九月是〈Help!〉，十月是〈Yesterday〉在全美暢銷排行榜的冠軍寶座上閃耀光芒。在我印象中，當時只要豎起耳朵，幾乎隨時隨地都能聽到他們的歌曲。是的，披頭四的音樂無邊無際地圍繞在我們周遭。宛如貼得嚴絲合縫的壁紙。

沒有播放披頭四的歌曲時，播的是滾石樂團的〈Satisfaction〉，The Byrds的〈Mr. Tambourine Man〉，誘惑合唱團的〈My Girl〉，正義兄弟的〈You've Lost That Lovin' Feelin'〉，海灘男孩的〈Help Me Rhonda〉。黛安娜・羅絲和至上女聲三重唱的單曲也不斷躍上暢銷排行榜。Panasonic手提式收音機在我背後一首接一首地不斷播放那些令人雀躍的美妙歌曲。就流行樂這個觀點看來，那實在是美好得令人屏息的一年。

也有人主張，流行歌最深刻、最自然地緩緩滲透心底的時代，就是那個人的人生最幸福的時期。或許的確如此。也或許並非如此。流行歌到頭來或許只是流行歌。而我們的人生，到頭來或許只不過是被粉飾過的消耗品。

她家就在我經常收聽的神戶廣播電台附近。我記得她父親應該是從事醫療儀器的進口或出口貿易。詳情我不清楚。總之她父親有自己的公司，而且那家公司好像生意還挺興隆的。她家就位於靠近海岸的松林中。據說以前本來是某企業家的避暑別墅，她家買下之後又重新改建過。海上吹來的夏日午後清風，簌簌搖動松林。那或許是傾聽〈夏日之戀〉的最佳環境。

很久很久以後，我偶然在電視台的深夜節目看到《畸戀》這齣美國電影。由特洛伊．唐納荷和桑德拉．迪伊主演，是情節通俗老套但製作成果還不錯的好萊塢青春愛情片。一九五九年上映。由馬克斯．史坦納作曲的電影主題曲，就是經過伯希信心樂團翻唱後爆紅的〈夏日之戀〉。電影中同樣有海岸松林出現，配合交響樂團的法國號合奏，在夏日的午後清風中簌簌搖曳。看著那齣電影，海岸松林隨風搖曳的風景，在我看來彷彿全世界健康的年輕人旺盛性慾的隱喻。不過那大概只是我個人的見解或偏見吧。

電影中，特洛伊．唐納荷和桑德拉．迪伊被那種性慾的狂風吹襲，因此遭遇各種現實的困難。發生轟轟烈烈的誤會，之後是轟轟烈烈的和解，雨過天晴障礙解除，最後二人圓滿結合，步入結婚禮堂。當時的好萊塢電影，圓滿的結局就是最後結婚。實現能夠合法性交的環境。但我和我的女友當然最後並未結婚。我們還是高中生，只不過是聽著〈夏日之戀〉在沙發上笨拙地擁抱。

「欸，你知道嗎？」她在沙發上，像要吐露祕密般小聲說。「我其實嫉妒心很強。」

「嗯哼。」我說。

「最起碼這點我希望你先知道。」

「好啊。」

「嫉妒心很強，有時會很累。」

我默默撫摸她的頭髮。但嫉妒心很強究竟意味著什麼，那是從哪來的，會產生甚麼樣的結果，當時的我還不大能夠想像。比起那個，我滿腦子只想著自己的感受。

附帶一提，特洛伊·唐納荷身為年輕英俊的電影明星，在一九六〇年代前半紅透半邊天，可惜後來沉溺於麻藥和酒精，也沒接到好作品，有一陣子甚至淪為遊民。桑德拉·迪伊據說也長期飽受酒精中毒所苦。唐納荷和當時的人氣女演員蘇珊妮·普萊薛特於一九六四年結婚，但八個月後就離婚了，迪伊和歌手鮑比·達林於一九六〇年結婚，一九六七年離婚。當然和《畸戀》的情節毫無關係。同時，和我與女友的命運也毫無關係。

我的女友有一個哥哥一個妹妹。她妹妹當時是國二生，卻比姊姊高五公分。而且一如年紀不大就長太高的女孩子多半會有的情形，外表並非特別可愛，還戴著厚重的眼鏡。但我的女友似乎非常疼愛那個妹妹。「我妹在學校的成績超棒。」她說。附帶一提，她自己的成績我想應該是馬馬虎虎。大概和我的成績半斤八兩。

有一次我倆加上她妹妹三人一起去看電影。當時有某種原因不得不這麼做。我們看的電影是音樂劇《真善美》。電影院人潮擁擠，因此我們是坐在前排看七十毫米的彎曲寬銀幕，我記得看完時眼睛的肌肉都在痛。但我的女友很喜歡那齣音樂劇的音樂，也買了電影原聲帶反覆聆聽。我個人比較喜歡約翰·柯川演奏的那首魔幻的〈My Favorite Things〉，但是反正說出來也沒用，因此我沒在她面前提過那種事。

她妹妹對我似乎沒甚麼好感。每次碰面，她總是用異樣欠缺感情的眼睛——那種眼神就像要仔細檢查長期放置在冷凍庫深處的魚乾是否還能吃——看著我。而那種眼神每每讓我覺得自己好像做了甚麼虧心事。不知為什麼，她看我時，幾乎完全無視我的外表（儘管的確不是甚麼值得一看的外表），好像是在直接透視我這個人的內在深處。不過會這麼想，或許是因為我的確相當心虛吧。

見到她哥哥，是在更久之後。他比她大四歲，所以當時應該已超過二十歲了。她沒有向我介紹她哥哥，也幾乎從來不談她哥哥。如果不經意提到哥哥，她就會巧妙地轉移話題。事後想想，她那種態度或許有點不自然。但我當時對那種事並不在意。反正我對她的家人沒甚麼興趣，因為對於與她有關的，我感興趣的是另一種更實際的事情。

我第一次和她哥哥當面說話，是在一九六五年的秋末。

那個星期天，我去女友家接她。通常我們都是用一起去圖書館做功課的名義外出約會。所以我的肩背包裡放了做功課會用到的全套用具。宛如犯罪新手拙劣的不在場證明。

那天早上，我一直按門鈴都沒有回應。我停了一會又按了幾次，最後裡面傳來慢悠悠的腳步聲。終於有人把門打開了。是她哥哥。

他比我高一點，嚴格說來有點胖。不是那種肥嘟嘟的胖，是運動選手因為某些緣故暫時無法運動，多餘的肉只好往四處發展的那種，感覺只是暫時性的胖法。肩膀很寬，可是脖子修長。似乎剛剛才起床，頂著蓬亂的雞窩頭。髮質似乎很硬，倔強地四處亂翹。頭髮長及耳垂，看起來至少已經超過該去理髮店的日子兩星期。穿著圓領已有點鬆垮的深藍色毛衣，膝蓋變形突起的灰色運動褲。和我那個總是頭髮梳理整齊外表清爽潔淨的女友簡直是極端對比。

他像是嫌陽光刺眼般瞇起眼看了我一會。就像很久沒爬到陽光底下的毛色枯澀無光的動物。

「呃，你應該是小夜子的朋友吧。」我還沒說話他就先這麼開口了，然後乾咳一聲。聲音聽起來還帶著困倦，但我感到其中也包含幾分好奇。

「是的。」我報上自己的姓名。「我們說好了我十一點過來。」

「小夜子現在不在喔。」他說。

「不在。」我重複他的話。

「嗯，她好像出去了。不在家。」

「可是，我們約好了今天十一點我會來接她。」

「這樣啊。」她哥哥說。像要看時鐘似地仰望旁邊的牆壁，但那裡並沒有時鐘。只有刷石灰的白牆。於是他只好把視線回到我身上。「或許是吧，但總之她現在不在家。」

該如何是好，我無法判斷。該如何是好，她哥哥似乎也無法判斷。他慢吞吞打呵欠，抓抓後腦勺。一舉一動都有點說不出的溫吞。

「我家現在誰也不在。」他說。「我剛才起床一看，就發現除了我沒人在。大家好像都出去了，但我不清楚他們去哪了。」

我沉默。

「我爸也許去打高爾夫球了。兩個妹妹也許去哪玩了。那也就算了，可是連我媽都不在就有點奇怪了。這種事，平常很少見。」

我保留意見沒開口。這是別人的家務事。

「但既然和你有約，小夜子應該很快就會回來吧。」她哥哥說。「你可以進屋等她。」

「那樣太打擾了，我先去附近逛一逛，晚一點再過來好了。」我說。

「不，一點也不打擾。」他斬釘截鐵說。「萬一待會又按門鈴，讓我動不動來開門那才更麻煩。總之你進屋等就是了。」

我只好照他說的進去，他把我帶去客廳。那是夏天與她相擁的沙發所在的客廳。我在那張沙發坐下，我女友的哥哥在對面的安樂椅坐下。然後又慢條斯理打了一個呵欠。

「你是小夜子的朋友對吧？」她哥哥像要認真確定事實，再次問我。

「是的。」我再次做出同樣的答覆。

「不是陽子的朋友？」

我搖頭。陽子是那個高個子妹妹的名字。

「和小夜子交往有趣嗎？」她哥哥用好奇的眼神看著我的臉問。

我不知該怎麼回答，只好保持沉默。但他一直在等我回答。

「我是覺得挺開心的。」我終於想出適當的說詞回答。

「雖然開心，但是並不有趣？」

「不，不是那樣……」說到一半，我就詞窮了。

「算了。」她哥哥說。「開心也好有趣也罷，我想應該都差不多吧。對了，你吃過早餐了嗎？」

「吃過了。」

「我現在要烤吐司吃，你要不要來一點？」

「不了，謝謝。」我回答。

「真的不要？」

「真的。」

「咖啡呢？」

「不用了。」

其實如果可以我還真想喝杯咖啡，但是和她的家人——尤其是她不在場的情況下——要再進一步拉近關係，我有點提不起勁。

他不發一語起身，就此走出客廳。八成是去廚房弄早餐吧。之後屋內深處傳來杯盤碰撞的喀喀聲響。我獨自坐在沙發上，雙手放在膝上，保持被誰看見都不怕的姿勢，靜待她從哪歸來。時針已指向十一點十五分。

我試著再次回想，確認是否真的約定今天十一點來她家接她。但不管怎麼想，約定的時間地點都沒錯。前一天晚上我們才通過電話，確認過這個約會。而她並不是那種會不負責任地忘記約定或毀約的人。同時，星期天早上全家消失只留下她哥哥一個人，好像也有點不可思議。

我在不了解情況下，一直坐在那裡，默默熬時間。時間流逝的速度緩慢得可怕。後面廚房不時傳來動靜。扭水龍頭的聲音，拿湯匙喀嗒喀嗒攪拌東西的聲音，打開某個櫃子的聲音，關上櫃子門的聲音。此人似乎是那種不鬧出大動靜不罷休的人。但除此之外聽不見任何聲音。風不吹，狗不吠。沉默如無形的泥巴徐徐堵塞我的耳朵深處。因此我不得不一再吞嚥口水。

可以的話我很想聽音樂。隨便是〈夏日之戀〉或〈小白花〉或〈月河〉都無所謂。我不挑。我想，只要有音樂播放就行了。但我不可能擅自碰別人家的音響。我四下張望有沒有甚麼可以閱讀的東西，卻找不到報紙或雜誌。我翻自己的肩背包。可不知怎地偏偏在這種日子，我似乎忘了帶本書。照理說我通常會在包裡放一本沒看完的文庫本。

說到我在包中找到可以看的書，頂多只有「現代國語」的補充教材。我只好取出那個隨手翻閱。我不是那種會有系統地縝密閱讀堪稱「讀書家」的人，但我是不看鉛字就不知如何打發時間的人。我無法甚麼事也不做一直坐著發呆。不是看書，就是聽音樂，總之我需要那樣的作業。如果沒有該看的書，隨便手邊現有的印刷品甚麼都行。電話簿我也看，蒸汽熨斗的使用說明書我也看。和這類印刷品比起來，「現代國語」的補充教材已經算是很體面的讀物了。

隨手翻開一頁，看裡面收錄的小說或隨筆。也有一些外國作家的作品，但幾乎大部分都是日本近代及現代作家的作品，選錄了芥川龍之介和谷崎潤一郎、安部公房等人的知名作品。而每篇作品——除了短文，大半是節錄——的最後，都會附帶一些問答題。那些問答題照例沒有甚麼意義。之所謂「無意義的問答題」，是因為那些問答題難以就邏輯判定（或者根本無法判定）答案正確與否。就連寫那篇文章的作者本人，能否做出判定都值得懷疑。

比方說「作者透過這篇文章，寄託對戰爭的看法是甚麼？」或者「作者如此描寫月圓月缺時，那產生了甚麼樣的象徵性效果？」之類的。那種東西，只要想答，怎麼答都可以。就算回答月圓月缺的描寫純粹只是關於月圓月缺的描寫，沒有產生任何象徵性的效果，想必也無人能夠斷言這個答案是錯的。當然想必有「比較合理的解答」這種最大公約數的存在，但文學中的「比較合理」究竟算不算優點，恐怕還值得商榷。

不過為了打發時間，我還是在腦中逐一對那些問題做出解答。而且大多數情況下，我的腦子——追求精神自立正處於每日煩悶的成長過程的腦子——總是會浮現「雖然沒有比較合理，但絕對不算錯」的解答。那種傾向，或許也是我的學業成績始終無法更進一步的原因。

就在我這樣默想之際，她哥哥回到客廳。頭髮還是倔強地四處亂翹。但大概是因為吃過早餐，眼睛看起來已不再那麼惺忪。手上拿著沒喝完的咖啡。是白色的大馬克杯。杯上印有第一次世界大戰的複葉戰鬥機圖案。駕駛座前方有二挺機關槍。那想必是他專用的杯子。因為我實在無法想像我的女友會用那種東西喝飲料。

「你真的不要喝咖啡？」他說。

我搖頭。「不了，謝謝。真的不用。」

他的毛衣胸前沾著麵包屑，運動褲的膝頭部分也有。想必他剛才很餓，壓根沒管麵包屑，抓著吐司就狼吞虎嚥吧。我想像這點肯定也讓我女友看得很不順眼。因為她是個隨時隨地都打扮得清清爽爽的少女。我自己嚴格說來也喜歡清清爽爽的打扮，所以在這方面，我想我倆算是相當契合。

她哥哥瞥向牆壁上方。這次那裡總算有時鐘了。指針指向近十一點半。

「好像還沒回來呢。真是的，不知到底上哪去了。」他說。

對此我還是不發一語。

「你在看甚麼？」他指著我手裡的書說。

「現代國語的補充教材。」

「是喔。」他略為皺眉說。「有趣嗎？」

「不算特別有趣，但我沒別的東西可看。」

「那個借我看一下。」

我隔著矮桌把書遞給他。他左手依然拿著馬克杯，用右手接過書。我有點擔心咖啡灑到書上，因為那種氣氛好像就是會把咖啡灑到書上。但是沒灑。他鏗的一聲把杯子放到玻璃桌上，雙手拿著書翻閱。

「那你現在看到哪裡了？」

「我剛才正在看的，是芥川的〈齒輪〉。這本書裡刊載的不是全文，只是節錄一部分。」

他對此想了一下。「我沒仔細看過〈齒輪〉。很久以前倒是看過〈河童〉。我記得〈齒輪〉好像是相當陰暗的故事吧？」

「對，畢竟那是他臨死之前寫的故事。」

「芥川是自殺對吧？」

「是的。」我說。芥川於三十五歲時服毒自殺。〈齒輪〉在昭和二年，作者過世後發表——補充教材的解說欄這樣寫著。那篇作品幾乎近似遺書。

「是喔。」我女友的哥哥說。「你能不能念一下那篇給我聽？」

我吃驚地看著他。「出聲朗讀嗎？」

「對，我從以前就喜歡讓人念書給我聽。我不大擅長自己閱讀文字。」

「我不太會朗讀。」

「沒事，無所謂。念得很爛也沒關係。總之只要發出聲音，按照順序念出來就行。反正我們暫時似乎都無事可做。」

「這故事相當神經質，聽了會很喪氣喔。」我說。

「偶爾我也想聽聽那種故事。不是有句成語叫做以毒攻毒嗎？」

他隔桌把書還給我，又拿起綴有德軍十字標幟的複葉戰鬥機馬克杯，啜飲一口咖啡。然後深深窩進椅子，等待我開始朗讀。

於是我在那個星期天的早上，為我女友的怪咖哥哥朗讀芥川龍之介的〈齒輪〉部分文章。很無奈，但也懷抱一絲熱忱。我讀的是最後一段題為「飛機」的部分。補充教材刊載的是「赤光」與「飛機」這二段，但我只讀了「飛機」。內容大約有八頁。最後一行是「有沒有人願意趁我睡著時悄悄勒死我？」。寫完那個之後，芥川就自殺了。

念完那最後一行後，我女友一家還是沒人回來。電話也沒響，也沒聽見烏鴉叫。四下寂靜無聲。秋光透過蕾絲窗簾照亮客廳。唯有時間緩慢卻確實地前進。女友的哥哥彷彿要品味我念完的文章餘韻，環抱雙臂閉眼良久。

「我已無力再繼續寫下去。活在這種心情中是難以言喻的痛苦。有沒有人願意趁我睡著時悄悄勒死我？」

撇開喜惡不談，那篇作品的確不適合在晴朗的周日早晨朗讀。我合起書本，望向牆上的時鐘。時間已過了十二點。

「我想大概是雙方溝通上有甚麼誤會。總之今天我就先回去了。」我說，並且作勢從沙發起身。從小母親就反覆叮嚀過，不可以在用餐時間去別人家打擾。那已成為條件反射性的習慣，不管好壞都已深入骨髓。

「哎，既然來都來了，至少再等三十分鐘嘛。」她哥哥說。「如果再過三十分鐘她還沒回來，到時候你再走不就行了。」

他的語氣有種異樣明確的味道，因此本欲起身的我又坐下了。並且再次將雙手放在膝上。

「你很會朗讀欸。」他佩服地說。「沒人這樣說過嗎？」

我搖頭。過去從來沒人說過我很會朗讀。

「如果不是充分理解內容，很難做到那樣的朗讀方式。尤其是結尾，特別好。」

「噢。」我含糊應了一聲。感覺臉有點紅。好像在不該被誇獎的地方誤遭誇獎，怪不自在的。不過就當下的氛圍看來，恐怕還得陪他聊個三十分鐘。此人八成正需要一個講話對象吧。

他像要禱告似地在身前合起雙手掌心，唐突地開口。「這麼問或許很冒昧，你曾經短暫失去記憶嗎？」

「短暫失去記憶？」

「嗯，也就是從某個時間點到某個時間點，完全想不起來自己在哪做過甚麼。」

我搖頭。「好像沒有。」

「對於自己做過的事，你都能按照時間順序一一記得？」

「基本上，如果是最近的事，我想我大致都想得起來。」

「嗯——」他說著，抓了半天後腦勺。然後說，「通常應該是這樣吧。」

我默默等待下文。

「老實說，我曾有過幾次某段記憶消失的經驗。比方說，下午三點突然失去記憶，回過神時已是晚間七點，完全想不起來中間那四小時自己在哪做了甚麼。而且並沒有發生甚麼特別的事。沒有在哪狠狠撞到腦袋，也沒有喝得爛醉。不是那樣，就只是正常地過著理所當然的生活，突然就在某個地方記憶一片空白。那會在甚麼時候發生，自己也無法預測，也不知道記憶消失的狀態會持續幾小時或幾天。」

「是。」我只能姑且接腔。

「比方說，假設你用錄音機錄了莫札特的交響曲。錄完一聽，第二樂章的中段至第三樂章的中段的聲音不見了，中間徹底消失。雖說是消失，但並不是接下來變成沒聲音的空白錄音帶，而是整段不翼而飛。感覺就像是今天的隔天成了後天。那方面你懂嗎？」

「大致上。」我用不確定的聲調說。

「若是音樂，就算有點不方便，還不至於有太大影響，但那種情形如果在現實生活中發生，就相當麻煩了……我這麼說你懂吧？」

我點頭。

「就像是大老遠去了月球背面，卻空手而歸。」

我再次點頭。雖然那個比喻的意思我不大理解。

「那是遺傳性疾病造成的，像我這麼明顯的例子很少見，但據說數萬人之中就有一人天生具有這種傾向。雖說程度多少有差別。我國三時，曾去找大學醫院的精神科醫生談過。是被我媽帶去的。還有個具體的病名。像故意跟人作對似的名稱又臭又長，我老早就忘了。真不知是誰想出那種病名的。」

他說到這裡停頓了一下，然後又開口。

「簡而言之，就是會記憶錯亂的疾病。記憶的一部分——也就是剛才那個比喻中莫札特交響曲的一部分——被放進錯誤的抽屜。一旦被放錯抽屜後，要找出來就很困難，甚至毫無可能。醫生就是這麼解釋的。雖然不會有生命危險，也不會腦子越來越不正常，不是那麼嚴重的精神錯亂，但在日常生活中會有點不方便。然後醫生就告訴我那叫做甚麼甚麼病，開了幾天藥給我，但那種東西怎麼可能有效。只不過是心理安慰。」

我女友的哥哥講到這裡暫時打住，定睛看著我想要確認我是否理解他說的話。就像從窗口探頭窺視屋內。之後他又說。

「這種情形，目前大概一年發生一兩次，不算太頻繁，可是，問題不在於次數。問題是，發生這種情形，會對現實生活造成具體的障礙。儘管只是偶爾，但那種失憶症真的在自己身上發生，而且不知幾時會發生，對當事人而言會非常困擾。這你應該也懂吧？」

「是。」我含糊回答。我得費盡力氣才跟得上他連珠炮般敘述的奇妙遭遇。

「比方說變成那樣時，也就是記憶突然斷線時，如果我拿起大鐵鎚，狠狠朝我看不順眼的某個傢伙頭上狠狠敲了一記，那可不是說句『真是傷腦筋』就能解決的，是不是？」

「是吧。」

「屆時當然會驚動警察，就算我解釋『其實我當時失去記憶』，警察肯定也不相信吧。」

我含糊點頭。

「實際上我的確看好幾個人不順眼，也有人讓我很火大。我父親就是其中一人。但我神智正常的時候可不會拿鐵鎚敲父親的腦袋。畢竟人還是有所謂的自制力。可是記憶斷線時的我到底會做甚麼，連我自己都不大清楚。」

我保留意見，微微歪頭。

「醫生說沒有那種危險性。換言之在記憶消失的期間，並沒有甚麼人霸佔我的人格。不是多重人格，或像《化身博士》那樣。我一直是我。即便在記憶消失的期間，我還是我，非常普通地一如往常行動。只是錄音的部分，從第二樂章中間到第三樂章的中間倏然跳過而已。所以那段期間，我絕不可能拿起鐵鎚敲了誰。我一直保持我的自制力，做著大致符合常識規範的行為。莫札特不可能在某一刻突然變成史拉特汶斯基。莫札特一貫是莫札特，只不過其中一部分就結果而言被亂塞進某個抽屜而已。」

他說到這裡終於停下，拿起複葉戰鬥機的杯子又喝了一口咖啡。其實我也很想喝一口咖啡。

「不過，那畢竟只是醫生的說法。醫生說的話有幾分能相信，誰也不知道。高中時代的我，最擔心的就是自己在自己也不知道的期間，會拿鐵鎚去痛扁班上哪個同學的腦袋。高中的時候，本來就已經不大了解自己了，對吧？就像活在地下的土管中。這下子又加上失憶這種麻煩的玩意，那簡直是受不了。你說是吧？」

我默默點頭。或許的確是。

「所以，我就不大去上學了。」我女友的哥哥繼續說。「越想就越害怕自己，嚇得不敢上學。我母親就向老師解釋我的特殊情況，雖然出席天數缺了很多，校方還是設法視為特例讓我畢業了。高中校方大概也想趕快把有這種麻煩問題的學生趕緊趕出去吧。但我沒上大學。我的成績不算壞，應該可以考進哪間大學，但我那時還沒把握能夠外出。從此，我就這樣窩在家裡遊手好閒。頂多帶狗在我家附近散散步，幾乎都沒出門。不過，最近那種恐懼好像漸漸有所改善了。等我的心情再穩定一點，我大概就會去哪間大學就讀……。」

他說到這裡打住。我也沉默。因為不知該說甚麼才好。我好像終於明白女友為什麼不太想提起哥哥了。

他說。「謝謝你念書給我聽。〈齒輪〉相當不錯。雖然晦暗，可是不時有佳句深入心扉。你真的不要喝咖啡？馬上就能煮好。」

「不，真的不用了。我也差不多該告辭了。」

他也望向牆上的時鐘。「等到十二點半，如果還沒人回來，那你再回去。我在二樓房間，到時候你就自己離開吧。不用在意我。」

我點頭。

「和小夜子交往有趣嗎？」我女友的哥哥再次問我。

我點頭。「有趣。」

「哪裡有趣？」

「因為她身上有很多我不知道的事情。」我回答。我想那是相當誠實的回答。

「嗯——」他深思似地說。「是啊，或許的確是吧。那傢伙是我的親妹妹，也和我有同樣的遺傳基因，從生下來就一直住在同一個屋簷下，可我到現在還對她有太多不了解的地方。該怎麼說呢，我不大了解她這個人的成長歷程吧。所以如果可以，我希望你代替我去了解。不過，或許其中也有不了解比較好的地方。」

他拿著咖啡杯從椅子起身。

「總之，你好好幹。」我女友的哥哥說。然後慢悠悠揮舞沒拿杯子的那隻手，就此走出房間。

「謝謝。」我說。

即便時鐘走到十二點半，還是沒有任何人回來的跡象，我只好自己去玄關，穿上球鞋離開。我經過松林前，一路走到車站，搭乘駛來的電車回家。那是個安靜得不可思議的秋季周日午後。

二點過後，女友打電話來，「約好來我家接我的，應該是下一周的星期天吧？」她說。我還是有點納悶，但是既然她說得斬釘截鐵那大概就是吧。也許是我一時糊塗記錯約會時間。我老實為自己搞錯一星期時間，提早去她家接她的事道歉。

但在她家等她回來之際，和她哥哥的對話──與其說是對話，我幾乎都是在聽對方說──我刻意沒提。沒提她哥哥叫我朗讀芥川龍之介的〈齒輪〉給他聽，也沒提她哥哥親口告訴我自己患有不時會失憶的疾病。因為我覺得那些事情別告訴她比較好。此外，我也有種直覺，女友的哥哥應該不會告訴她這件事。既然他都沒告訴妹妹，那我想必也沒理由一定得告訴她。

我和女友的哥哥再次見面，是十八年後的事。當時是十月中旬。我已三十五歲，和妻子住在東京。從東京的大學畢業後我就直接安家落戶，工作也變得很忙，幾乎再也沒回過神戶。

當時我正走上傍晚前的澀谷坡道，要去拿之前送修的手錶。我一邊心不在焉地想事情一邊邁步，這時錯身而過的一個男人，忽然從背後喊我。

「那個，不好意思。」他說。說話腔調分明是關西人。我駐足回頭，眼前是個陌生男人。可能比我年長一些。個子也比我略高。穿著厚重的灰色粗花呢外套，圓領的奶油色喀什米爾毛衣，褐色卡其褲。頭髮剃得很短，身形看起來就像運動員那樣結實。曬得很黑（似乎是打高爾夫球曬的），長相雖有點糙，五官大致還算端正，或許甚至可以用英俊形容。從氣質可以看出他過著基本上不愁吃穿的生活，想必家世也很好。

「我不記得你的名字了，但你該不會是我妹以前的男朋友？」他說。

我再次審視他的臉孔。可我對那張臉毫無印象。

「令妹是？」

「小夜子。」他說。「高中時，我記得她應該是和你同班。」

這時，我發現對方奶油色毛衣的胸前，沾了一小塊番茄醬似的污漬。雖然他打扮得清爽瀟灑，但正因如此，毛衣上那點污漬在我看來更顯突兀。這時我霍然想起昔日那個領口鬆垮的深藍色毛衣胸前，醒目地沾滿麵包屑，眼神惺忪的二十一歲青年。那種癖性或習慣，即便歲月變遷也很難改掉。

「我想起來了。」我說。「你是小夜子的哥哥。我們在府上見過一面。」

「對，你還朗讀芥川的〈齒輪〉給我聽。」

我笑了。「不過在這麼擁擠的人潮中，虧你還能認出我。我們明明只見過一次，而且還是很久以前。」

「我啊，不知為什麼，只要見過一次的人就絕對忘不了。這種記性從以前就超好。況且你的外表和當時幾乎完全沒變。」

「你倒是好像變了不少。」我說。「給人的印象不一樣。」

「哎，發生了太多事。」他笑著說。「如你所知，有段時間過得很不順。」

「小夜子現在過得怎樣？」我問。

他有點困擾地把視線移向一旁，緩緩吸氣，再吐氣。彷彿在測量周遭空氣的密度。

「在人潮這麼繁忙的路中央也不好講話，要不要找個地方坐下聊一聊？如果你不趕時間的話。」他說。我說我並不趕時間。

「小夜子走了。」他平靜地開口。我們在附近咖啡店的塑膠桌前對坐。

「走了？」

「她死了。三年前。」

我啞然片刻。口中有種舌頭不斷膨脹變大的觸感。我想嚥下累積的唾液，卻嚥不下去。

最後一次見到小夜子時，她二十歲。不久前剛拿到駕照的她，開著豐田皇冠硬頂轎車（那是她父親的車）載我去六甲山上。雖然開車時還有點緊張，但是握著方向盤的她看起來非常幸福。收音機還是在播放披頭四的歌。這點我記得很清楚。那首歌是〈Hello, Goodbye〉。「妳說goodbye，我說hello」。就像前面也說過的，他們的音樂如壁紙無邊無際地圍繞當時的我們。

那樣的她竟然已香消玉殞化為灰燼，如今不在這世界任何地方，讓我一時無法接受。那種事，該怎麼說呢，好像非常不現實。

「死了？怎麼會？」我用乾澀的聲音問。

「是自殺。」他慎重揀選遣詞用字說。「二十六歲時，她和產物保險公司的同事結婚，生了二個小孩，後來就自殺了。當時才三十二歲。」

「留下小孩？」

我女友的哥哥點頭。「大的是男孩，小的是女孩。現在是她丈夫在照顧。我也不時會去看望二個孩子。他們都是好孩子。」

我還是無法接受這個事實。她，我昔日的女友，留下二個年幼的孩子自殺？

「這是為什麼?」

他搖頭。「別提了,誰也不知道原因。當時完全看不出她特別煩惱或心情低落的跡象。健康也沒問題。夫妻感情應該也不壞,也很疼小孩。而且完全沒留下遺書之類的東西。她把醫生開的安眠藥攢下來,一口氣全吃了。所以應該是有計畫的自殺。是打從一開始就打算死,花了半年左右的時間一點一滴收集安眠藥,並非臨時起意的衝動之舉。」

我沉默許久。他也沉默不語。我們各自耽於沉思。

我和女友那天,是去六甲山上某飯店的咖啡座談分手。我上了東京的大學,在那裡喜歡上另一個女孩。我鼓起勇氣向她坦白後,她幾乎不發一語,抱著皮包站起來。就此頭也不回地快步走出咖啡座。

結果,我只好搭乘纜車獨自下山。我想她是駕駛那輛白色的豐田皇冠回去的。那是個異常晴朗的日子,我記得從纜車的窗口可以將神戶街景清楚地一覽無遺。風景極美。但那已非我以往看慣的城市。

那是我最後一次見到小夜子。後來她大學畢業，進入某家大型產物保險公司上班，和公司同事結婚生了二個小孩，最後吞服安眠藥自殺身亡。

我想我遲早會和她分手。但我會很懷念和她一同度過的幾年時光。她是我的第一個女友，我曾喜歡過她。教我（大致上）明白女性身體是甚麼樣構造的也是她。我倆一起嘗試過各種新體驗，也分享了想必只有十幾歲時才能得到的美好時光。

事到如今講這種話或許很殘忍，但是到頭來，她並未搖響我耳朵深處特別的鈴鐺。無論我怎麼豎起耳朵，直到最後都沒聽見那鈴聲。很遺憾。可我在東京認識的另一個女人，確實讓那鈴聲響起了。那並非我能夠根據道理或倫理隨心所欲去調整。那是在意識層面，或者靈魂最深處，自行發生或不發生，不是個人力量能夠改變的。

「我啊。」我女友的哥哥說。「從來沒想過小夜子可能會自殺。就算全世界的人統統自殺了，我掉以輕心地以為，那傢伙也會一個人堅強地活下去。我說甚麼都不相信她會是那種獨自懷抱絕望或心理陰影的人。坦白講，我以前一直覺得她是想法膚淺的女人。從小就沒有特別把那丫頭當回事，她對我應該也是如此。或許該說是彼此無法心意相通吧……我反而和小妹比較處得來。可是，現在我打從心底後悔，覺得很對不起小夜子。或許我不大了解她。或許一點也不理解她。或許我滿腦子只想著自己。或許我這樣微薄的力量，終究救不了妹妹一命，但我應該可以再稍微多了解她一點。了解讓她走向死亡的某種東西。這點如今想來非常難過。只要想起自己的傲慢、自私，我就心痛無比。」

我無話可說。我大概也從來不曾理解過她。大概和他一樣，滿腦子只想著自己吧。

我女友的哥哥說：「當時你念給我聽的〈齒輪〉中，不是有提到飛行員一直呼吸高空的空氣，所以漸漸無法忍受地面的空氣嗎？那是所謂的飛機病。我不知道是否真有那種病，但我到現在都記得那篇文章。」

「對了，你那個記憶斷線的毛病，已經沒事了嗎？」我問他。想必，是為了將話題從小夜子身上轉移。

「噢，你說那個啊。」我女友的哥哥略微瞇起眼說。「說也奇怪，有一天那毛病突然消失了。雖然醫生說那是遺傳性疾病，只會隨著時間進展，不可能治癒，可是我啥也沒做，它忽然就自己好了。簡直像惡靈退散。」

「那真是太好了。」我說。我是真的很替他慶幸。

「大概就是那次和你見面聊過後沒多久吧，從此我再也沒有失憶過。心情也漸漸穩定，順利進入還過得去的大學，平安無事地畢業，後來繼承我父親的事業。雖然好像有幾年繞了遠路，但如今好歹和常人無異。」

「那真是太好了。」我又說一次。「結果你並未拿鐵鎚痛扁令尊的腦袋。」

「你也真是的，這種無聊小事記這麼清楚。」他說著，放聲大笑。「不過話說回來，我是湊巧有公務才來到東京，沒想到在這種大都市居然能和你在路上不期而遇，真是太不可思議了。我只能說，這是某種天意的安排。」

的確，我說。

「對了，你現在過得怎樣？一直住在東京嗎？」

我說我大學畢業就立刻結婚，後來一直住在東京，現在基本上算是以寫作維生。

「作家嗎？」

「對，好歹算是。」

「這樣啊。嗯，說得也是，你當初就很會朗讀嘛。」他一臉恍然地說。「還有，這麼說或許會造成你的負擔，但是如果容我說出個人意見，我覺得小夜子最愛的還是你。」

我甚麼也沒說。我女友的哥哥也沒有再說其他。

我們就這樣道別。我去拿送修的手錶，我前女友的哥哥朝著澀谷車站緩緩走下坡。那個粗花呢外套的背影，就這樣消失在午後的茫茫人海中。

從此，我再也沒有見過他。我們在偶然的機緣下，見過二次。隔著近二十年的歲月，在相距六百公里的二個城市。我們曾隔桌對坐，喝咖啡，聊了一些話題。那並非普通的喝咖啡聊是非。其中暗示著甚麼——我們活著這個行為之中蘊含的意義。但是到頭來，那只不過是因偶然的機緣湊巧實現的暗示罷了。其中並沒有超越那個之上將我倆全面性緊密結合的要素。

〔問：文中這二人的二次相遇和對話，象徵性地暗示著他們人生的何種要素？〕

我和那個懷抱《With the Beatles》黑膠唱片的美少女，後來也沒見過。她是否依然裙襬翻飛地繼續走在一九四六年那昏暗的高中走廊？迄今依然只有十六歲，慎重其事地將約翰、保羅、喬治和林哥半明半暗的照片做成的漂亮唱片封面緊抱在懷中。

《養樂多燕子詩集》

首先我想聲明，我喜歡棒球。而且喜歡親自去棒球場，觀看眼前展開的現場比賽。我會戴著棒球帽，帶上棒球手套，預備著若是坐內野區就接界外球，若是外野區就接全壘打球。我不太喜歡看電視轉播棒球賽。看電視轉播比賽的話，總覺得好像錯失了甚麼最重要的東西。換言之如果拿性交來比喻……算了，不提那個了，總之不管怎樣，透過電視螢幕看棒球，會失去真正令人亢奮的東西。我是這麼感覺的。不過若叫我逐條列舉來說明理由我也說不出所以然。

具體而言，我是養樂多燕子隊的球迷。雖然談不上狂熱、獻身式的球迷，應該還算是忠實球迷吧。至少我替這支球隊加油的時間就很長。早在這支球隊還叫做產經原子小金剛的時代，我就經常去神宮球場。為此甚至在球場附近住過。應該說，其實現在也是。徒步便可抵達神宮球場，是我在東京找房子時的重要條件。當然我也有好幾種球隊制服和帽子。

神宮從以前就一貫不對世間標榜集客力，是很沉穩謙虛的球場。如果容我用更率直的說法，大抵上總是很冷清。到了球場卻已爆滿進不去這種事，除非運氣特別好否則基本上不可能發生。我所謂的「除非運氣特別好」，是指比方說晚上散步湊巧看見月蝕，或者在附近公園遇見溫順黏人的三花公貓那種機率。坦白講，那種人口密度之稀疏，也是我很中意的一點。我從小就不太喜歡擁擠的場所。

不過，我當然不是只因為球場總是門可羅雀才成為養樂多燕子的球迷。否則養樂多燕子球團豈不是太可憐了。可憐的養樂多燕子隊。可憐的神宮球場。因為通常比起主場球隊養樂多燕子的加油區，客場球隊的加油區總是先坐滿。這樣的棒球場，恐怕找遍全世界也找不出第二個。

那我為什麼會成為這種隊伍的球迷？到底是歷經多麼迂迴蜿蜒的漫漫

長路，才變成養樂多燕子隊和神宮球場的長期支持者？在橫越甚麼樣的宇宙後，才將那縹緲晦暗的星辰——要在夜空中找到位置都得比旁人花上更多時間的星辰——當成自己的守護星？若要講起那個，那就說來話長了。不過既然有這機會，我就稍微說一點吧。或許，那會成為我這個人的簡潔傳記。

我生於京都，但出生不久便遷居阪神間[1]，在那裡住到十八歲。在夙川與蘆屋。只要有空我就會騎腳踏車，有時搭乘阪神電車，去甲子園球場看球賽。小學時當然也加入了「阪神虎後援會」（如果不加入，在學校會被欺負）。甲子園球場不管誰來說，都是日本最美的球場。我握緊門票，從爬滿常春藤的入口走進去，快步走上昏暗的水泥階梯。當外野的天然草皮映入眼簾，那鮮豔的綠海猝然出現眼前時，少年的我心跳劇烈渾身顫抖。彷彿一群活潑的小人，正在我小小的肋骨中練習高空彈跳。

在球場做守備練習的球員們尚未弄髒的球衣，刺眼的純白棒球，球棒正中棒球時幸福的脆響，賣啤酒的工讀生響亮的吆喝聲，比賽開始前的空白記分板——那裡充滿接下來將要展開的故事預感，兢兢業業地備妥歡呼、嘆息與怒吼。是的，就那樣在我心中，看棒球和去球場，二者緊密地一體化，沒有絲毫縫隙足以插入疑問。

所以十八歲那年離開阪神間，去東京上大學時，我幾乎是理所當然地決定在神宮球場替產經原子小金剛隊加油。在距離我住處最近的球場，支持那個主場球隊——那就是我心目中看棒球最正確的方式。不過若單純就距離而言，其實後樂園球場好像比神宮球場更近一點……但是，那怎麼可

1. 阪神間：位於日本兵庫縣東南部，神戶市與大阪市之間的地區。

能。人都有該守護的道德規範。

那是一九六八年。民謠十字軍演唱的〈歸來的醉漢〉爆紅，馬丁．路德．金恩和羅伯特．甘迺迪遭到暗殺，學生們在國際反戰日佔領新宿車站。這麼列舉出來一看，好像已經成了古代史……。總之就在那年，我決定「好，今後就支援產經原子小金剛隊」。不知是因為宿命或星座或血型，也不知是預言或詛咒，總之被那樣的某種東西在冥冥之中引導。如果現在各位手邊有歷史年表之類的東西，不妨在角落用小字這樣加上註記：「一九六八年，這年村上春樹成為產經原子小金剛隊的球迷。」

我敢對全世界所有神明發誓，當時的原子小金剛隊弱得毫無底線。隊中沒有任何明星球員，球團看起來也很窮，球場除了和巨人隊對戰之外總是空蕩蕩，如果容我用個老掉牙的形容詞，簡直是蕭條得只有閑古鳥啼叫。我當時經常在想。球團的吉祥物不應該用原子小金剛，應該選閑古鳥才對。雖然我並不清楚那種鳥是甚麼模樣。

當時正是川上教練領軍的常勝巨人軍全盛時代，後樂園球場每每總是爆滿。讀賣新聞把後樂園球場的招待券當成主要武器，拚命推銷報紙。王貞治和長島茂雄成了國民英雄。路上錯身而過的孩子全都得意洋洋戴著巨人隊的帽子。至於戴產經原子小金剛帽子的小孩，我連一個都沒看到。或許那種有勇氣的孩子都偷偷走小巷。躡手躡腳，緊挨著屋簷下走。傷腦筋，到底哪裡有正義這種東西。

但我只要有空（應該說，當時的我大抵上隨時有空）就會去神宮球場，一個人默默替產經原子小金剛加油。雖然輸的次數遠比贏的次數多（我印象中大概三次總有二次是輸），但我當時還年輕，躺在外野的草皮上，邊喝啤酒邊看球，不時漫不經心仰望天空，就已覺得那樣很幸福了。偶爾贏球時就享受比賽，輸球時就想「哎，人生之中習慣輸也很重要」。

當時的神宮球場外野還沒有座位，只有寒酸的草皮斜坡。我就在草皮上鋪報紙（當然是產經運動報），隨意坐臥。一旦下雨，地面當然會變得泥濘不堪。

一九七八年第一次拿總冠軍那年，我住在千馱谷，走路十分鐘就到神宮球場。所以只要有空我就會去看球賽。那年，是養樂多燕子（當時已經改名為養樂多燕子）球團創立二十九年來第一次拿到聯盟冠軍，並且趁勝追擊一舉奪下總冠軍。堪稱奇蹟的一年。就在那年，我同樣是活到二十九歲頭一次寫出像樣的小說。〈聽風的歌〉這篇作品獲得「群像」新人獎，從此我好歹被稱為小說家了。當然這只不過是偶然的巧合，但我個人還是不得不在這點感到小小的緣分。

但那是很久之後的事了。在那之前，從一九六八到七七年這十年當中，我連續看了非常龐大（就心情而言）幾乎堪稱天文數字的落敗比賽。如果換個說法，也可說我的身體逐漸習慣了「今天又輸了」這個世界的存在方式。就像潛水夫耗費時間小心翼翼讓身體逐漸習慣水壓。是的，人生之中，落敗的次數遠比獲勝多。而人生真正的智慧，比起「如何戰勝對手」，毋寧是從「如何輸得漂亮」這種地方孕育出來。

「我們得到的這種主場優勢，你們根本不可能理解！」我經常對著客滿的讀賣巨人隊加油區如此吶喊（當然並沒有真的發出聲音）。

那段宛如穿越漫長隧道的晦暗歲月，我獨自坐在神宮球場的外野區，一邊看球賽，一邊在筆記本上寫詩打發時間。是以棒球為題材的詩。棒球和足球不同，在每一棒之間經常出現空檔，就算視線稍微離開球場，握著原子筆在紙上揮灑，也不可能就在這時決定勝負。是相當悠哉的競技。而我寫這種詩時，多半是在一再更換投手處於落後局面的無聊比賽（唉，那樣的比賽不知有多麼頻繁）。

附帶一提，詩集最初收錄的詩是這樣的。這首詩有簡短版和長篇版，這是長篇的。事後我又稍微潤飾過。

右外野手

那個五月的午後，你
在神宮球場守備右外野。
產經原子小金剛隊的右外野手。
那就是你的職業。

我在右外野區的後方
喝著已經有點不夠冰涼的啤酒。
一如往常。
對方的打者擊出右外野高飛球。
是輕易便可接殺的高飛球。
球飛得很高，速度不快。
風也靜止了。
太陽也不刺眼。
絕對能接住。
你輕輕舉起雙手
上前三公尺。
OK。

我喝了一口啤酒，
等待球落下。

球
彷彿用尺正確測量過
正好落在你背後三公尺之處。
彷彿拿木槌輕敲宇宙的邊緣
咚，發出乾扁的聲音。

我在想。
這樣的隊伍
為何我會執意聲援。
這或許才是
宇宙規模的謎團。

這能否稱為詩，我不知道。如果把這個稱為詩，或許真正的詩人們會很生氣。搞不好很想抓住我，把我吊在路旁的電線杆上。如果被那樣對待，我會很困擾。可是，不然又該怎麼稱呼呢？如果有適當的名稱請告訴我。所以我還是決定姑且稱之為詩。並且決定把這些詩集合起來，出版一本《養樂多燕子詩集》。如果詩人們想生氣，那就儘管生氣吧。那是一九八二年。我寫出長篇小說《尋羊冒險記》的前夕，好歹（雖然迂迴曲折）成為小說家出道已有三年。

當然大型出版社很明智，壓根沒興趣出版那種玩意，因此我決定採取半自費出版的形式。幸好我朋友經營印刷廠，費用算是比較便宜。簡樸的裝幀，印有編號共五百本，每一本都規規矩矩拿簽字筆簽了名。村上春樹，村上春樹，村上春樹……。可果然不出我所料，幾乎無人問津。會拿錢買那種玩意的人，肯定是窮極無聊。實際上大概頂多賣掉三百本吧。剩下的就分發給親朋好友當作紀念品。如今那成了珍貴的收藏品，在市場上的價格昂貴得跌破眼鏡。所以說世事無常真的很難說。我手邊只剩二本。早知如此就多留幾本現在或許已變成有錢人了。

*

我父親過世時，我在喪禮之後和三個堂表兄弟喝了不少啤酒。其中二個是堂兄弟（大致與我同年），一個是表弟（我記得好像比我小了十五歲），我們四人喝啤酒直至深夜。除了啤酒之外甚麼也沒喝。也完全沒有下酒菜。就只是一直一直喝啤酒。那還是我第一次喝這麼多啤酒。桌上總共有二十瓶左右大瓶裝麒麟啤酒的空瓶。真虧我的膀胱居然沒事。而且喝啤酒的期間，我還去葬儀場附近發現的爵士樂酒吧，喝了好幾杯Four Roses的雙倍波本威士忌加冰塊。

為何那晚會喝那麼多酒，我自己也不太清楚。當時並沒有特別悲傷或空虛，也沒有甚麼太深的感觸。但總之那天我無論喝了多少都毫無醉意，也沒有宿醉。隔天早上醒來時，腦子甚至比平日更清醒。

我父親是阪神虎的鐵粉。在我小時候，阪神虎只要輸了，父親總是非常不高興，甚至神情都變了。一喝了酒，那種傾向更嚴重。所以阪神虎輸球的晚上，我總是提高警覺盡量不惹惱父親。我之所以沒有成為狂熱的阪神虎球迷，或者說無法成為，或許也有那個因素。

如果講得含蓄點，我和父親的關係，談不上太友好。那當然是有種種原因，不過在他因為四處轉移的癌症以及重度糖尿病，導致長達九十年的人生謝幕之前，我和父親有超過二十年的時間幾乎完全不講話。無論就哪種角度看來，想必都很難把那稱為「友好關係」。最後雖然有小小的類似和解的舉動，但那稱為和解似乎有點太遲了。

不過當然也有美好的回憶。

我九歲那年秋天，聖路易紅雀隊訪日，與日本代表隊舉行親善比賽。那是偉大的職棒明星斯坦・穆休的全盛期。對戰的日本代表隊的王牌投手是稻尾與杉浦。這是多麼精彩的對決！我和父親一起去甲子園球場看那場比賽。我們坐在靠近一壘的內野區前排。比賽開始前，紅雀隊的球員們繞場一周，把簽名的軟式網球扔向觀眾席。人們紛紛站起來大聲歡呼，搶著去接球。我一直坐在位子上，茫然旁觀那情景。反正年幼的我也不可能搶到簽名球。然而下一瞬間，驀然回神，我發現球就在我的膝上。是湊巧掉落在我的膝上。簡直像是某種天啟還是甚麼的。

「太好了。」父親對我說。語氣半帶驚訝，半是嘆服。寫到這裡我忽然想到，我三十歲那年成為小說家正式出道時，父親也講過大致一樣的話。彷彿半帶驚訝，半是嘆服。

那想必是少年時代發生在我身上最光輝的事件之一。或許也堪稱最受到祝福的事件。我之所以愛上棒球場這種地方，或許也和那個有關？當然，我把那顆落到膝上的白球小心翼翼帶回家了。但我記得的僅止於此。之後那顆球怎樣了？究竟被我塞到哪去了？

*

我的《養樂多燕子詩集》也收錄了下面這樣的詩。我想大概是三原教練領軍的時期。不知怎地，這個時期的燕子隊，在我的回憶中最為鮮活又令人懷念。每次去球場都覺得好像會發生甚麼趣事，心情特別興奮緊張。

鳥影

那是初夏午後的日間比賽。
八局上半
一比九（好像是）燕子隊落後。
連名字都沒聽過的第六名（好像是）投手
正在練習投球。
就在這時
一抹清晰的鳥影
從神宮球場的一壘
往中外野的守備位置一帶
迅速掠過綠色草皮的上方。

我仰望天空
卻未看見鳥。
太陽太刺眼。
我看到的，只有落在草皮上
宛如黑色剪影的影子。
而那個影子是鳥的形狀。
那是吉兆嗎，
抑或是凶兆呢，
我認真思考這個問題。
但我立刻搖頭。
喂，別鬧了
這裡能有甚麼吉兆？

*

母親的記憶力逐漸模糊，獨居生活變得不大靠譜時，我回關西去整理她的住處。結果看到她的儲藏間堆滿數量驚人的破銅爛鐵——只能這麼想——我當場呆掉了。那些莫名其妙的玩意，她居然囤積了常識難以想像的驚人數量。

比方說某個大零食盒子裡塞滿卡片。幾乎都是電話卡，其中也混雜阪神、阪急電車的儲值卡。每張卡上都有阪神虎的球員照片。金本、今岡、矢野、赤星、藤川……。電話卡？傷腦筋，這年頭到底要在哪使用電話卡？

我沒有一一細數，但我想卡片總數應該超過一百張。我實在無法理解。就我所知，母親對棒球應該沒有任何興趣。可那些卡片分明就是她買的。因為有明確的證據。難道她在我不知情的時候，因為某種契機，成了阪神虎的狂熱球迷？可是不管怎樣，她都堅決否認自己購買了大量的阪神虎的球員電話卡。「胡說八道。我怎麼可能買那種東西。」她說。「如果問你爸，他應該知道。」

跟我講這種話也沒用。因為父親早在三年前就死了。

因此，我雖然隨身攜帶手機，卻得四處辛辛苦苦尋找公用電話，努力使用阪神虎的電話卡。也因此對阪神虎的球員姓名如數家珍。雖然他們大部分現在都已引退，或者跳槽到其他隊伍。

阪神虎。

阪神虎以前有邁克・賴巴赫這位活潑的外野手令我頗有好感。我寫過一首他登場當配角的詩。賴巴赫和我同齡，一九八九年在美國車禍身亡。一九八九那年我正客居羅馬寫長篇小說。所以賴巴赫三十九歲英年早逝的消息，我過了很久之後才知道。想當然耳，義大利的報紙並沒有報導阪神虎這位前外野手的死訊。

我寫的是這樣的詩。

外野手的屁股

我喜歡看外野手的屁股。
或者該說，獨自在外野區
看拖拖拉拉一路落後的比賽時
除了定睛打量外野手的屁股
還能有甚麼娛樂？
如果有請告訴我。

因此
說到外野手的臂部
我可以聊上一整晚。
燕子隊的中外野手
約翰．史考特[2]的屁股
超越一切基準很漂亮。
雙腿格外修長，屁股看起來
彷彿漂浮在半空。
就像令人亢奮的大膽隱喻。

2. 約翰．史考特（John Scott）：外野手，一九七九至八一年隸屬燕子隊，表現活躍。曾在一天連續兩場賽事中擊出四支全壘打。二度獲得鑽石手套獎。

相較之下
左外野手若松的腿特別短
二人並排站在一起時
史考特的屁股
大致在若松的下巴處。
阪神的賴巴赫[3]的屁股
比例勻稱，具有自然的好感。
光是看著
好像就會被說服。
廣島鯉魚隊小史[4]的屁股形狀
看似深謀遠慮，充滿知性。
或者該說，發人深省？

人們應該稱呼他的全名
喊他史布魯才對。
哪怕只是為了對那個屁股致敬。
對了，說到屁股不漂亮的
外野手姓名——雖然
話已衝到喉頭——不過
還是不要說出來吧。

3. 邁克・賴巴赫（Michael Wayne Reinbach）：右外野手，一九七六至八〇年隸屬阪神虎。和哈爾・布萊丹都是第四棒強打者。力道十足的表現廣受歡迎。
4. 里切・史布魯（Richard Alan Scheinblum）：一九七五至七六年是廣島鯉魚隊的外野手。在美國職棒大聯盟也曾出場全明星賽。由於名字太長，被簡稱為「Schein」。他說：「無所謂。雖然我不會騎馬。」（註：與一九五三年美國派拉蒙製作的西部片《原野奇俠（Shane）》諧音。）

因為他們想必也有母親和手足和妻子

甚至可能連孩子都有了。

*

我曾以養樂多燕子隊球迷的身分，在甲子園球場的外野區看過一次阪神對養樂多之戰。當時我有事獨自去神戶，整個下午都有空。看到阪神三宮車站月台張貼的海報，得知那天湊巧在甲子園球場有日間比賽，我靈機一動，「對了，好久沒去甲子園，不如去看看吧。」仔細想想已有超過三十年沒去那個球場。

當時是野村克也當教練。古田和池山、宮本、稻葉最活躍的時代（仔細想想那是幸福的年代）。所以當然這首詩並未收錄在原始的《養樂多燕子詩集》中。因為是在那本詩集出版後，又過了很久我才寫的。

當時我沒有帶紙筆，所以我從球場回到飯店房間後，立刻坐在桌前，用飯店房間準備的信紙寫下這首詩（勉強算是吧）。或者該說，是湊巧採用詩的形式的摘記？我的桌子抽屜裡堆滿了各種形式的這類摘記和文章片段。雖然實際上幾乎派不上任何用場。

海流中的小島

那個夏日午後
在甲子園球場的左外野區
我尋找養樂多燕子隊的加油區。
我費了一點時間
才找到。因為那個加油區

頂多只有五公尺見方。

周遭全部

都是阪神虎的球迷。

讓我想起約翰．福特導演的電影

《要塞風雲》。

頑固的亨利．方達

率領的小規模騎兵隊

遭到密密麻麻的印地安大軍包圍。

或許堪稱窮途末路吧，

就像海流中的小島

在中央豎起一根勇敢的旗幟。

我想起小學時，在這個球場，這個外野區

曾見過還是高中生的王貞治。
早稻田實業奪冠的那個春天
他是第四棒強打者。
就像把望遠鏡顛倒著看
是透明得不可思議的記憶。
非常遠，非常近。
而現在，此時此地的我
被孔武有力、凶惡的
穿條紋球衣的印地安大軍包圍
在養樂多燕子的旗幟下
發出悲痛的加油聲。
暗自懷疑自己是否已遠離故鄉千里之外

在海流中的孤獨小島
我的心頭靜靜刺痛。

*

不管怎樣，在全世界所有的棒球場中，我最愛待在神宮球場。靠近一壘的內野區，或者右外野區。我喜歡在那裡聽各種聲音，嗅聞各種氣息，仰望天空。我愛用肌膚感受吹來的風，喝冰透的啤酒，眺望周遭的人們。無論球隊是輸是贏，我深愛在那裡度過的時光。

當然贏球遠比輸球好。這是理所當然。但是比賽的輸贏，不會改變時間的價值與分量。時間永遠是同樣的時間。一分鐘就是一分鐘，一小時就是一小時。我們不管怎麼說，都必須珍惜。與時間好好妥協，盡可能留下美好回憶——那比甚麼都重要。

我在球場的位子坐下，首先就愛喝黑啤酒。但是賣黑啤的工讀生並不多，得花點時間才找得到。好不容易找到人，高高舉手呼喚。工讀生過來了，是個瘦削的年輕男孩，看起來營養不良，頭髮很長，八成是高中生來打工。他過來後，先向我道歉。「對不起，這其實是黑啤酒。」

「用不著道歉。完全沒事。」我說，讓他安心。「因為我一直就在等黑啤酒。」

「謝謝。」他說。然後開心地莞爾一笑。

賣黑啤酒的男孩在那晚，想必接下來還得向很多人道歉。「對不起，這其實是黑啤酒。」因為大多數客人想買的八成不是黑啤，而是普通的拉格淡啤酒。我付了錢，對他送上小小的祝福：「加油。」

我也寫小說，所以經常嘗到與他同樣的滋味。很想對全世界的人一一道歉。「對不起。這其實是黑啤酒。」

不過，那不重要。別再想甚麼小說了。今晚的比賽差不多即將開始。

不如祈求球隊獲勝吧。同時（悄悄地），做好輸球的心理準備吧。

〈謝肉祭〉[1]

（Carnaval）

她是我到目前認識的人當中最醜的女人——這麼講大概不太公允。因為實際上想必還有很多容貌比她醜陋的女人。但是如果說與我的人生有某種程度的親近關係，在我的記憶土壤扎根的女性之中，她是最醜的女人，我想應該八九不離十。當然也可以用「不漂亮」這種委婉的說法來代替「醜陋」，那樣的話讀者——尤其是女讀者——想必更能夠不反感地接受。但即便如此，我個人還是要刻意使用「醜陋」這個直截了當（有點粗暴）的字眼。因為我想這樣或許能夠更逼近她這個人的本質。

我就姑且稱她為「F＊」。如果在此公開本名，就各種意味都不適當。附帶聲明，她的本名和F或＊都毫無關係。

或許F＊也會在哪看到這篇文章。雖然她以前總說只對活著的女作家寫的東西有興趣，不過也不能完全排除她不經意看到這篇文章的可能性吧。如果她真的看到這篇文章，理所當然會察覺我在此敘述的就是她。但就算我寫「她是我到目前認識的人當中最醜的女人」，F＊想必也不會介懷。不，說不定反而還會覺得有趣。因為她和周遭任何人一樣清楚，自己的容貌並不出色——可以說「很醜」，甚至反過來對這個事實用自己的方式樂在其中。

這世上類似這樣的例子，在我想來，應該相當罕見。自知自己長得醜的醜陋女子本就不多，能夠坦然接受這個事實，甚至展現出些許愉悅的女性，就算不能說完全沒有，恐怕也是壓倒性的少數。就這個角度而言，是的，我認為她實在是不尋常的人物。而且那種不尋常不只是我，也吸引不在少數的人來到她的周遭。就像吸鐵石把各種形狀的鐵屑吸到身邊。

1.〈謝肉祭〉：這裡採日文漢字直譯，又常稱之為狂歡節。

談論醜陋，也等於談論美麗。

我個人認識幾個美女。是那種人人都同意「這個人很美」，會看得發呆的女性。但那些美麗的女性——至少是大部分——在我看來似乎並沒有無條件盡情享受自己很美這件事。那讓我感到非常不可思議。生來貌美的女性總是惹來男性的關心，被同性用羨慕的眼光看待，動輒受到吹捧。想必也會收到許多昂貴的禮物，更不缺交往對象。可他們為何看起來並不幸福？為何有時甚至看起來很憂鬱？

據我觀察，我所認識的美女，多半對自己不美的部分——就人類的身體條件而言必然會有這樣的部分——感到不滿，或者氣惱，那種不滿與氣惱似乎恆常折磨心靈。哪怕是多麼細微的小缺點，分明不足為道的小瑕疵，他們也總是耿耿於懷。有時甚至為此憂心忡忡。比方說大拇趾過大，而且趾甲的形狀長歪了，或者左右乳頭的大小不一。我認識的某位大美女，堅信自己的耳垂長得異樣，總是留長髮遮住耳垂。耳垂的長短，在我看來根本無關緊要（她給我看過一次，但我怎麼看都覺得是正常大小的耳垂）。不過也可能耳垂的長短云云，只不過是別的東西的替換說法。

相較之下，能夠欣賞自己不美——或者很醜——的女性，毋寧該說比較幸福？一如再怎麼美麗的女人都有醜陋的部分，再怎麼醜陋的女性也有美麗的部分。而且他們和美女不同，似乎能夠心無掛礙地享受這個部分。其中沒有替換，也沒有比喻。

說來或許是平凡無奇的意見，但我們生活的世界，往往會因換個角度看待就截然不同。單是光線的照射角度改變便可讓陰變成陽，陽變成陰。正變成負，負變成正。這種作用是世界成立的一種本質，抑或只是視覺上的錯覺，我無法判斷。但不管怎樣，就那種意味而言，F＊或許堪稱是光線的魔術師（trickster）。

我在某個朋友介紹下認識F＊。當時我五十歲出頭。我想她大概比我年輕十歲左右。但年齡對她而言並非重要要素。因為她的容貌凌駕於除此之外幾乎所有的個人特質之上。無論年齡、身高、乳房形狀或大小，在她「不美＝醜」的面前，完全沒有分量。遑論腳趾趾甲的歪斜或耳垂長短更不在話下。

那是三得利音樂廳舉辦的演奏會中場休息時間，我在大廳巧遇某位男性友人，他和F＊正在喝紅酒。當晚的主要曲目是馬勒的交響曲（幾號交響曲我忘了）。節目前半段是謝爾蓋．浦羅高菲夫的《羅密歐與茱麗葉》。他把我介紹給F＊，我們三人就一起喝紅酒，談論浦羅高菲夫的音樂。據說他也是湊巧在那裡遇見她。換言之我們三個都是隻身來聽演奏會。在獨自聽演奏會的人們之間，通常會產生一點同儕意識。

初次見到F＊，我心中浮現的第一個念頭，當然是怎麼會有這麼醜的女人。但她始終笑吟吟的，態度落落大方，因此我對自己的想法暗自羞愧。而且在談笑一陣子後，該怎麼形容呢，我竟然完全習慣她的醜陋容貌了，並且不再特別意識到容貌這回事。她的口才很好，給人的印象也不錯，話題也豐富多樣。腦子轉得也快，音樂素養似乎也相當有品味。這時宣告休息時間結束的鈴聲響起，我在和她道別後暗想，「如果她長得漂亮——或者說，容貌稍微好一點點——想必會是很有魅力的女性。」

但事後我才痛切發現，我那種想法有多麼膚淺表面。因為她強烈的個性——或者該稱為「吸引力」——正是因為有那不尋常的容貌才能夠有效發揮。換言之，F＊身上洋溢的洗鍊感，和醜陋容貌的巨大落差，塑造出她獨特的活力。而她能夠有意識地調整、行使那種力量。

要具體描寫她的容貌有多麼不美＝醜陋，實在太困難。因為就算極盡言詞去精密描述或說明，也絕對不可能讓讀者理解她的容貌特異性。但我唯一敢斷言的，就是她的臉孔找不出任何功能上的缺陷。換言之，完全沒有「這裡有點怪」或「那裡只要稍微調整一下應該會比較好」之類的問題。每一部分都沒有甚麼缺陷。可是把那些部分組合到一起後，就構成了分明是有機且綜合性的醜陋（這個過程，這樣比較可能有點怪異，但的確讓我想起維納斯的誕生）。而那種總體性的醜陋，絕對無法用言語或邏輯來說明，就算做得到，想必也沒有太大意義。我們能夠選擇的，只有將眼前的狀況視為「事已至此」無條件全盤接受，或者打從一開始就全然拒絕接受，僅此二種而已。就像已經決定不抓俘虜的戰爭。

托爾斯泰在小說《安娜・卡列尼娜》的開頭就說過，幸福的家庭都是相似的，不幸的家庭則各有各的不幸。關於女性容貌的美醜或也堪稱同樣情形。在我想來（希望各位能理解這純屬個人見解），大抵上美女都能用「美」這個共通點概括。他們身上各自背負著一隻金黃皮毛美麗的猴子。那些猴子的毛色和光澤或許略有差異，但是耀眼的光芒讓一切看起來幾乎同質。

相較之下醜女們各自背負一隻毛色醜得很有特色的猴子。每隻猴子的皮毛枯澀、脫落、骯髒的程度不一，各有細微的差異。而這些猴子身上，幾乎毫無光芒，因此也沒有金黃色的耀眼光彩來迷惑我們的眼睛。

但Ｆ＊背負的猴子擁有非常多樣化的臉孔，毛皮複合式地同時具有多種色澤——雖然並沒有光彩耀眼。而且隨著觀看角度的不同，當天天氣和風向的不同，以及看到的時間不同，猴子給人的印象會有相當大的變化。如果換個說法，她的容貌之醜，是各種形狀的醜陋要素，被某種嚴肅的規矩集中到一起，受到特別的壓縮力之後產生結晶的結果。她的猴子看起來非常自在，豪不畏懼地靜靜巴在她的背上。彷彿所有事物的原因與結果，在世界的中心擁抱合一。

第二次見到Ｆ＊時，我對這點已有某種程度（雖然還無法妥貼化為言詞）的認知。要理解她的醜陋，需要一定的時間，也需要直覺或哲學、倫理之類的東西。同時，想必也需要一點人生經驗。和她在一起，我們在某個階段會驀然感到小小的驕傲——對於自己湊巧具備那樣的直覺或哲學、倫理、人生經驗的這個事實。

我第二次見到她，還是在音樂會的會場。不是三得利音樂廳那麼大的會場，是某位法國女小提琴家的音樂會。我記得演奏了塞薩爾·弗蘭克與德布西的小提琴奏鳴曲。那是位優秀的小提琴演奏者，那二首奏鳴曲也是她的拿手曲目，但是老實說她那天的表現不大好。安可時演奏的二首佛里茲·克萊斯勒的曲子倒是非常迷人。

走出會場等計程車時，我忽然被她從後方叫住。當時F＊和女性朋友同行。她那位朋友身材嬌小苗條，是個美人兒。F＊嚴格說來個子偏高。

大概只比我矮一點點。

「欸，走幾步路的地方就有不錯的店，如果沒事要不要一起去喝點葡萄酒？」她說。

我說，可以啊。反正時間還早，而且內心還留有無法完全融入音樂的欲求不滿。很想和人喝個一兩杯葡萄酒，聊聊美好的音樂。

我們三人在附近巷子裡的小酒館落坐，叫了一點下酒菜和葡萄酒，但是不久，那個美女朋友的手機響了，她立刻起身離席。是她的家人打來通知家裡的貓情況不對勁，於是只剩下我和F＊，但我倒也沒有因此特別失望。因為那時，我對F＊這個女性已開始抱著相當私人的興趣。F＊的服裝品味極佳，穿著看起來就很高級的藍色絲質連衣裙。身上配戴的珠寶也很完美，雖然樣式簡單卻引人注目。就是在那時，我發現她戴著婚戒。

我和她聊起當天的音樂會。我倆一致認為小提琴家的表現不佳，是因為身體不適，還是手指疼痛，或者對飯店的房間不滿，這個不清楚。但總之大概是碰上甚麼問題吧。如果常去音樂會，這種事三不五時會發生。

之後我和她聊到自己喜歡的音樂。我們都喜歡鋼琴曲。當然也聽歌劇，也聽交響曲，也聽室內樂。但是最喜歡的，還是鋼琴獨奏曲。而且其中特別喜愛的作品，很不可思議的是，幾乎有大半是相同的。我倆都對蕭邦的音樂無法抱有那麼恆常的熱情。至少不是早上起床首先想聽的音樂。莫札特的鋼琴奏鳴曲美妙迷人，但老實說已經聽膩了。巴哈的平均律是很厲害的作品，但是要全神貫注地傾聽未免太長。需要調整身體狀態。至於貝多芬的鋼琴奏鳴曲有時太過正經之處會有點刺耳。能夠詮釋的基本上也都詮釋了（我們是這麼認為）。布拉姆斯的鋼琴作品偶爾一聽很精彩，常聽就會累，也經常感到無聊。德布西和拉威爾的鋼琴音樂，如果不慎選聆聽的時間和環境，說不定無法聽進心裡。

我們選出的最無可挑剔最完美，也就是所謂的終極鋼琴音樂，是舒伯特的幾首鋼琴奏鳴曲和舒曼的鋼琴音樂。如果其中只能留下一首的話該選哪一首？

只能選一首？

對，只能選一首。F＊說。換言之，就是帶去無人島的鋼琴音樂。

這是個困難的問題。需要一點時間坐下來好好思考。

「舒曼的〈謝肉祭〉。」最後我毅然開口。

F＊瞇起眼，直視我的臉孔許久。然後將雙手放到桌上交握，喀喀掰動關節。正確說來是十下。聲音大得連周遭桌子的客人都朝我們行注目禮，是那種把三天前的法國長棍麵包放在膝上折斷的乾扁聲響。無論男女，都沒有幾人能夠把關節掰出那麼大的動靜。後來我才知道，掰雙手關節發出十下巨響，是她心情激昂時必然會做的習慣動作。但那時我還不曉得，因此我以為她大概是因某種緣故生氣了。想必是〈謝肉祭〉這個選擇不合適。可是沒辦法。我從以前就特別喜歡舒曼的〈謝肉祭〉。就算因此慘遭生氣的某人毆打，我還是無法說謊。

「你真的覺得選〈謝肉祭〉就好？如果只能挑一首古今中外的鋼琴曲帶去無人島。」她蹙眉，豎起一根修長的手指，像要確認般說。

被她這麼一問，我也沒有太大自信。為了留下舒曼那種瑰麗如萬花筒，而且跨越人類智識散漫無章的鋼琴音樂，真的可以輕易捨棄巴哈的「哥德堡」和平均律，貝多芬後期的鋼琴奏鳴曲，以及雄壯又迷人的第三號協奏曲嗎？

一陣凝重的沉默，F＊彷彿要確定兩手的狀況，一再用力握住雙拳。之後她說。

「你的品味相當不錯。你的勇氣也令人佩服。嗯，我可以同意。只留下舒曼的〈謝肉祭〉。」

「真的？」

「真的。我也是從以前就超喜歡〈謝肉祭〉。無論聽多少遍都不可思議地百聽不厭。」

然後我們針對〈謝肉祭〉聊了很久。聊天的同時還點了一瓶黑皮諾葡萄酒暢飲。於是我們就這樣成了朋友。說穿了是〈謝肉祭〉朋友。不過這種關係到頭來也只維持了半年。

我們二人組成的，類似私人〈謝肉祭〉同好會。雖然沒必要只限二人，但人數始終不曾超過二人。因為除了我倆，找不出任何人和我倆一樣喜愛舒曼的〈謝肉祭〉。

我們後來聽了很多〈謝肉祭〉的唱片及CD。如果哪場音樂會有誰演奏這首曲子，我們就會排除萬難一起去聽。根據手邊的記事本（我將每次演奏都留下了詳細紀錄），我們去聽過三個鋼琴家演奏〈謝肉祭〉的音樂會，聽了總計四十二張〈謝肉祭〉的唱片及CD，並且針對那些演奏促膝長談交換意見。古今中外真的有很多鋼琴家錄製過〈謝肉祭〉。那是人氣頗高的曲目。即便如此，說到足以令人首肯的演奏，我們發現其實數目並不多。

就算演奏技巧多麼無懈可擊，只要技巧的使用方式和音樂稍有偏離，〈謝肉祭〉的音樂就會淪為毫無生命的手指運動。魅力會大半消失。其實是非常不容易表現的高難度樂曲。一般鋼琴家應付不了。在此不便舉出具體姓名，但就算是世間稱為大師的鋼琴家，碰上這首曲子時演奏失手或乏善可陳的情況也不少。此外，也有很多鋼琴家對這首曲子敬而遠之（只能這麼認為）。弗拉基米爾·霍羅威茨畢生喜愛演奏舒曼的音樂，偏偏不知為何就是沒有留下正規的〈謝肉祭〉錄音。斯維亞托斯拉夫・里赫特也堪稱同樣狀況。渴望有一天能夠聽到瑪塔・阿格麗希演奏〈謝肉祭〉的人想必也不只我一人。

附帶一提，和舒曼同世代的人，幾乎沒有任何人理解他的音樂之偉大。無論是孟德爾頌或蕭邦，都不曾肯定舒曼的鋼琴音樂。就連獻身給他的作品不斷演奏的妻子克拉拉（她是那個時代屈指可數的知名鋼琴家），心裡其實也認為，與其寫這種心血來潮突發奇想的鋼琴曲，應該創作正統的歌劇或交響曲才對。舒曼基本上不喜歡奏鳴曲那種古典形式，因此音樂型態往往變成幾乎漫無邊際的夢想式作品。他脫離既有的古典主義，試圖打造嶄新的浪漫派音樂，但在同時代大多數人看來並沒有明確的基礎和內容，只不過是奇矯之作。然而到頭來那種大膽的個性派風格，卻成了推動浪漫派音樂前進的強大動力。

總之那半年之中，我們只要有時間就起勁聽〈謝肉祭〉。當然也不是只聽〈謝肉祭〉，有時也聽莫札特或布拉姆斯，不過只要碰面，必然會聽哪個人演奏的〈謝肉祭〉，然後再交換意見。由我擔任會議記錄，把我倆的意見扼要記錄下來。雖然她也來過我家幾次，不過我去她家的次數更多。因為她家位於東京都心，我家卻在郊外。在我倆總共聽完四十二張〈謝肉祭〉唱片的時候，她選出的最佳演奏是阿圖羅・貝內德蒂・米凱蘭傑利的演奏（Anger盤），我的最佳演奏是阿圖爾・魯賓斯坦的演奏（RCA盤）。我們就這樣子一張一張CD仔細評分，不過那種排名順序當然不具有甚麼重要意義。那只不過是附帶的遊戲。對我們而言最重要的，是深入討論自己喜愛的音樂，是幾乎無目的地共享某種令人懷抱熱情的事物這種感覺。

和一個比我小十歲的女性如此頻繁見面，照理說可能會掀起家庭風波，但我的妻子對她壓根不以為意。我想應該不用我再強調，妻子不關心的最大理由，當然是因為她容貌醜陋。妻子似乎完全沒懷疑過我與F＊之間有染。那是F＊的醜陋帶來的最大恩典。我的妻子似乎只認為，我倆是沒事找事幹瞎起鬨。妻子對古典音樂並沒有特別的愛好，音樂會也多半讓她感到無趣。妻子總是用「你的女朋友」指稱F＊，也會帶著些許嘲諷稱之為「你的迷人女朋友」。

我沒見過F＊的丈夫（她沒有小孩）。我無法判斷這是因為我造訪的時候湊巧她丈夫不在家，還是她只挑丈夫不在的時候叫我去她家，又或者是她丈夫幾乎絕大多數時間都不在家。如果真要說到這一點，我甚至連她究竟有無丈夫都不敢斷言。因為她對丈夫始終隻字未提。而且就我記憶所及，她的住處幾乎完全找不到男人的動靜或痕跡。可她向來宣稱自己有丈夫，左手無名指上也有金戒指閃閃發亮。

她對自己的過去也絕口不提。她是哪裡人，在甚麼樣的家庭長大，畢業於甚麼學校，做過甚麼工作，這些她統統沒說。就算我問起她的個人資料，她也只是含糊帶過，或者默默回我一個微笑。我所知道的，就只有她似乎從事某種專業工作（至少不是在一般公司上班），過著相當富裕的生活。她住在代官山綠意環繞的三房二廳時尚公寓，開的車子是嶄新的BMW。客廳的全套音響也很昂貴。包括Accuphase品牌的高級前置主放大器和CD播放機，LINN的時尚大型喇叭。而且她總是穿著精緻優雅的服裝。我對女裝並沒有太多了解。但即便是這樣的我，也看得出那每一件似乎都是相當昂貴的一流名牌服裝。

尤其是對於音樂，她更是滔滔不絕。她聽音樂的耳朵非常敏銳，表達對音樂的感想時遣詞用字也相當迅速且精準。音樂知識更是深厚廣泛。但是說到音樂以外的東西，她對我而言幾乎是個謎。她不打算說的，就算再怎麼拋出話題她都堅決不肯開口。

有一次她談起舒曼。

「舒曼和舒伯特一樣，年輕時罹患梅毒，帶著那身病，腦子漸漸變得不正常。而且他本來就有精神分裂的傾向。平日就經常飽受幻聽折磨，一旦開始顫抖就停不下來。他認定自己正被惡靈追逐。他是真的相信世間有惡靈。他被無止境的可怕噩夢追逐，恐懼過度下企圖自殺。甚至跳進了萊茵河。內在的妄想與外在的現實，在他心中難以自拔地混為一體。這首〈謝肉祭〉是相當早期的作品，所以這時候，他的惡靈們尚未清楚露面。音樂本身是以〈謝肉祭〉為舞台，所以處處洋溢著戴了快活面具的事物。但那並非只是單純的快活〈謝肉祭〉。在這音樂中，逐一展現出日後在他內心成為魑魅魍魎的東西。彷彿只是稍微露個臉，全都戴著〈謝肉祭〉的快活面具。四周吹著不祥的初春冷風，並且有滴血似的鮮肉分送給全體。〈謝肉祭〉，它就是這種音樂。」

「所以演奏者必須用音樂表現出登場人物的面具以及面具下的臉孔——是這個意思嗎？」我問。

她點頭。「對，就是這樣。一點也沒錯。如果無法那樣呈現，我認為演奏這首曲子就毫無意義。這個作品，雖就某種意味而言是遊戲到極致的音樂，但照我說來，在遊戲之中，又有生存在精神底層帶有邪氣的東西探頭喔。他們從黑暗中，被那遊戲的音色誘出。」

她沉浸在靜默中半晌。之後又說。

「我們無論是誰，多多少少都是戴著面具生活。因為不戴面具就無法在這熾烈的世界活下去。惡靈的面具底下有天使的素顏，天使的面具底下有惡靈的素顏。不可能只有其中一方。那就是我們喔。那就是〈謝肉祭〉。而舒曼，能夠同時看到人們的多張臉孔——面具和素顏。因為他自己就是靈魂深度分裂的人。因為他就是活在面具與素顏令人窒息的夾縫中。」

或許她真正想說的其實是「醜陋的面具與美麗的素顏——美麗的面具與醜陋的素顏」。那一刻我如此暗忖。她想必說的是她自己。

「面具戴久了，或許也有些人就黏在臉上再也摘不下來了。」我說。

「是啊，或許也有那種人。」她沉靜地說。然後微微一笑。「不過就算面具黏在臉上再也摘不下來，面具底下還是有另一張素顏喔。」

「只不過任何人都看不見那張素顏。」

她搖頭說。「想必也有人看得見。肯定在哪會有那種人。」

「可是看得見那個的舒曼，最後並未得到幸福。——因為梅毒和精神分裂和惡靈們。」

「不過舒曼留下了這麼精彩的音樂。他寫出了別人寫不出的偉大音樂。」她說。然後發出響亮乾扁的聲音，開始逐一掰響雙手的手指關節。「拜梅毒與精神分裂與惡靈所賜。所謂的幸福，純粹是相對的喔。不是嗎？」

「或許吧。」我說。

「弗拉基米爾・霍羅威茨某次曾為廣播電台錄製舒曼的F小調鋼琴奏鳴曲。」她說。「你聽說過那個故事嗎？」

「不，我想應該沒有。」我說。舒曼的那個第三號奏鳴曲，無論對聽眾或演奏者（想必）都是相當費神的玩意。

「後來他用收音機聽著自己的演奏，抱頭沮喪。他說這演奏太糟糕了。」

她把還剩下一半紅酒的酒杯在手中晃呀晃，定睛打量了一會。接著說。

「然後他是這麼說的。『舒曼是很瘋狂，我卻毀了那種瘋狂。』這句話，你不覺得是最厲害的高見嗎？」

「的確厲害。」我同意。

我認為她就某種意味而言是很有魅力的女性，但我沒想過要和她發生性關係。就此角度而言，我的妻子的判斷是正確的。但我之所以沒和她發生性關係，並不是因為她長得醜。她的醜陋本身，想必並不妨礙我們發生肉體關係。我之所以沒和她上床——或者該說，沒有真的動那種念頭——或許是因為比起面具的美醜，我更害怕目睹面具底下的東西。無論那是惡靈的臉孔，或是天使的臉孔。

進入十月後，有一陣子都沒有F＊的消息。我弄到兩張新的（而且還挺有意思的）《謝肉祭》CD，想和她一起聽，打過幾次電話給她，可她的手機總是轉到語音信箱。我也傳過幾次訊息，但是毫無回音。就這樣過了秋天的幾星期，十月也結束了。十一月來臨，人們開始穿上大衣。自從和她來往後，這還是頭一次這麼久沒有聯絡。說不定她去哪長途旅行了，也可能是身體狀況欠佳。

先看到她出現在電視上的是我妻子。當時我正在房間埋首桌前工作。

「雖然不太清楚是怎麼回事，但你的女朋友上電視新聞了。」妻子說。仔細想想，妻子從來沒有親口說過F＊這個名字。她總是說「你的女朋友」。可是當我到電視機前時，那則新聞早已結束，變成熊貓寶寶的報導。

等到正午，我看了新的新聞。她在第四則新聞出現。畫面中的F＊正從看似警局的建築物出來走下台階，鑽進黑色廂型車。那段緩緩走過短暫路程的經過被收錄進電視鏡頭中。毫無疑問就是F＊。不管怎樣都不可能認錯她的臉。她似乎被上了手銬，雙手放在身前，上面蓋著深色大衣。二名女警從兩側抓著她的手臂，但她並未低頭。她緊抿著唇，若無其事地直視前方。然而那雙眼睛沒有任何表情，彷彿魚的眼睛。頭髮雖有點凌亂，除此之外和平日的她是同樣外表。換言之，她一如往常地保持一如往常的容貌。可是從電視畫面映現的臉孔，喪失了平日看得到的某種鮮活的東西。也可能是刻意藏在面具底下。

女主播報出F＊的本名，敘述她身為大型詐欺案件的共犯遭到＊＊分局逮捕的經過。根據報導，本案主嫌是她的丈夫，而她丈夫早在數日前已被逮捕，也播映出他被逮捕時的影像。我這才頭一次看到她丈夫的長相，但是發現那個男人有張過於俊美的臉孔，我不禁啞然。簡直像職業模特兒，是個幾乎堪稱非現實的美男子。年紀比她小六歲。

當然就算她和俊美的小鮮肉結婚，我也沒有任何理由必須震驚。這世上容貌不相稱的夫妻比比皆是。我周遭也有幾對這樣的夫妻。可是當我具體想像F＊和那個異常俊美的男子在一個屋簷下——代官山的時尚高級公寓——過著理所當然的夫妻生活時，不知怎地我還是不由萌生強烈的困惑。這世上大多數人透過電視新聞看到二人的容貌，想必也會為那直有天壤之別的美醜落差感到驚愕，可我當時感到的違和感更加不同，是深刻且局部的。甚至感到全身肌膚火辣辣刺痛。其中有種不健全的東西。同時也有某種……對，遇上特殊的詐欺時無法挽救的無力感。

二人遭到逮捕的罪名，是資產運用詐欺。先成立一個空頭投資公司，許以高額利息，向一般市民募集資金，實際上卻完全沒有運用資產，只是把募集的錢從右手換到左手挖東牆補西牆，手法非常粗糙。無論在誰想來，那種走鋼索的把戲遲早都會出現破綻。我實在無法理解，看起來就冰雪聰明的她，深刻理解且熱愛舒曼鋼琴音樂的她，為何會參與那麼單純又拙劣的犯罪，走上那條不歸路。或許在她和那個男人的關係中，也蘊含甚麼把她捲入犯罪漩渦的負面力量。或許漩渦的中心，潛藏著她個人的惡靈。我只能這麼想。

這起案件的受害總額超過十億日圓，受害者多半是靠年金生活的高齡者。電視畫面映出那些被全數奪走重要的養老金走投無路的人。他們真的很可憐，但我想恐怕已無法挽救。到頭來，那也只不過是某種常見的普通犯罪。許多人不知為何就是會被那種普通的謊言引誘。或者，也許正是那樣的普通反而吸引了人們。這世上永遠不缺騙子，也永遠不缺上當的傻子。無論電視上的專家學者如何說明、要批評誰，那都是一如潮漲潮落的明白事實。

「所以，這下子怎麼辦？」看完新聞後妻子問我。

「怎麼辦？還能怎麼辦。」我拿遙控器關掉電視說。

「可是，她是你的朋友吧？」

「只不過有時會見面聊聊音樂罷了。除此之外我對她一無所知。」

「她沒有對你提過投資的事？」

我默默搖頭。不論如何，她都沒有把我扯進那種話題。唯獨這點我可以斷言。

「雖然我跟她沒有講過幾句話，但我總覺得她不是會做壞事的人。」妻子說。「真是人不可貌相。」

那瞬間我忽然想，不，並不是真的完全「不可貌相」。F＊與生俱來某種特別的吸引力。而且在她身上──她那甚至堪稱特異的容貌──有某種蠶食人心的力量。那同時也是激發我對她的好奇心的力量。她那種特殊的吸引力，如果和她那個小丈夫不遜於模特兒的俊美容貌合在一起，或許很多事都做得到。或許人們難以抗拒那種合成物，身不由主被吸引。或許那就像邪惡方程式，超越常識和道理而成立。雖然我無從得知究竟是怎樣把這二個不相稱的人結為一體。

接下來的幾天，電視新聞繼續報導那起案件，同樣的畫面一再播出。他她用魚眼似的雙眼直視前方，英俊的小丈夫把那張俊俏臉孔對著鏡頭。他的薄唇兩端，想必幾乎是條件反射地微微挑起。就像電影明星常做的，說穿了很職業化。因此他看起來簡直像在對全世界放送微笑。那張臉孔多少也有點像製作精美的面具。但不管怎樣，過了一周之後那起案件就幾乎被人們拋諸腦後。至少電視台已經失去興趣。我透過報章雜誌追蹤案件後續發展，但那就像水流被沙地吸收般逐漸越來越少，終至消失無蹤。

而F＊，也從我面前徹底消失。我不知道她在何處。是在拘留所還是入獄服刑，或者獲得保釋返家，我完全無從得知，也沒看到任何她受到審判的報導。但我想她應該已受到審判，況且就受害總額的大小看來，應該也會被判處一定的刑期。因為就我看報章雜誌所及，她顯然是積極協助丈夫犯法。

之後歷經了相當漫長的歲月，但只要有演奏舒曼的〈謝肉祭〉的音樂會，迄今我還是會盡量出席。並且總是努力在觀眾席四處張望，或者趁著休息時間在大廳拿著葡萄酒杯，尋找她的身影。雖然我一次也沒有看見她，但我總有種她就躲在人潮中也許下一秒便會倏然現身的預感。

此外，只要有新的〈謝肉祭〉演奏CD問世，我還是會繼續購買，並且在筆記本上打分數。雖然出了很多新的CD，但我心目中的〈謝肉祭〉最佳演奏，至今依然還是魯賓斯坦。魯賓斯坦的鋼琴不會使出渾身力氣去摘下人們的面具。他的鋼琴如清風，輕盈溫柔地吹過面具與素顏之間的狹縫。

幸福純粹是相對的喔，不是嗎？

談到這裡我倒是想說一件更久遠以前的往事。

我大學時，曾經和一個雖然談不上醜，但容貌並不起眼的女孩約會過一次。或許該說是相當不起眼。那次是朋友邀我雙重約會，我的女伴就是她。她和我朋友的女友住在女子大學的同一個宿舍，比我低一個年級。我們四人一起用完簡餐，之後二對各自帶開。時值秋末。

我和她在公園散步，隨後去了咖啡店，邊喝咖啡邊聊天。她的身材矮小，眼睛也很小。不過看起來是個性很好的女孩。她靦腆地小聲說話，但聲音本身清亮。想必是品質優良。她說在大學加入了網球社。因為父母都愛打網球，從小就一直跟著打網球。聽起來是很健康的一家人，想必家人感情也很好。但我幾乎從不碰網球，所以無法和她聊網球。我喜歡爵士樂，可她對爵士樂毫無所知。所以我們找不出甚麼共通的話題。但她想聽爵士樂方面的事，於是我講了邁爾士・戴維斯和阿特・佩珀的故事。講我是如何愛上爵士樂，爵士樂的哪一點有趣。她專心地聽我敘述，雖然我不知道她對我的敘述能夠理解幾分。後來我把她送到車站，就此作別。

分開時我要了她的宿舍電話號碼。她在記事本的空白頁寫下號碼，把那一頁整整齊齊撕下遞給我。可是後來我並未打電話給她。

幾天後，當我見到邀我雙重約會的朋友時，他向我道歉。他是這麼說的：「上次帶了那樣的醜女來真是抱歉。本來應該介紹更正點的女孩給你，可是那女孩臨時有急事，只好帶那個醜女來赴約。因為宿舍當時沒有別人在。我女朋友也說對你過意不去。下次約會再好好補償你。」

被友人這樣道歉後，我覺得應該打個電話給她。她的確不是漂亮的美女，但也不是一個醜女。其間有點小小的差異。而我不想把那個差異就這樣擱置不管。對我而言，該怎麼說呢，還算是滿重要的問題。是心情的問題。也許我不會和她談戀愛。八成不可能。但再見一面聊一聊也行。雖然不知道該聊甚麼，總之應該有話可說。就算只是為了不讓她成為一個醜女。

但我就是找不到那張寫有電話號碼的紙。我明明記得應該是放在大衣口袋，偏偏就是找不到。也許和無用的收據混在一起不小心扔掉了。八成是那樣吧。總之因為這個緣故，我無法打電話給她。如果問朋友，他應該會告訴我宿舍電話，可是想到他可能會有的反應我就嫌麻煩，提不起勁去問他。

那件事，我已經遺忘許久。壓根沒有想起來。可是現在這樣寫F＊的故事，在描述她的容貌的過程中，那件往事突然重現腦海。而且歷歷如昨。

二十歲那年秋末，我曾和那個姿色平平的女孩約會過一次，一起在傍晚的公園散步。喝著咖啡，對她詳細說明阿特・佩珀吹奏的薩克斯風聲音有時是怎樣美妙地嘶啞分岔。那不是偶然的樂音走調，是他一種重要的心靈狀態的表現（是的，當時我的確說出了「心靈狀態的表現」這種話）。後來，她臨別時給我的電話號碼，被我永遠遺失在某處。無庸贅言，永遠，是非常漫長的時光。

那些只不過是我瑣碎人生中發生的一組小事。如今看來，是人生中稍微繞點路的插曲。即使沒發生那種事，我的人生想必也和此時此刻沒太大差別。然而那些記憶，在某個時刻，想必會穿過遙遠的漫漫長路前來造訪我，並且以不可思議的強度撼動我心。猶如秋末的晚風，捲起森林的樹葉，令原野的整片芒草一齊伏倒，用力拍打家家戶戶的門扉。

品川猴的告白

我遇到那隻老猴子，是在群馬縣M＊溫泉的小旅館。就在五年前。會投宿那間土氣的、或者說已逐漸老朽搖搖欲墜的旅館，只是順其自然的偶然之舉。

當時我一直漫無目的地隻身旅行，當我抵達某溫泉小鎮下車時，已過晚間七點，秋天也即將進入尾聲，太陽早已下山，周遭被山區特有的墨藍色深濃闇夜籠罩。從山嶺吹落的凌厲夜風，發出乾澀的沙沙聲，手掌大的落葉在路面翻滾。

我走在溫泉小鎮的中心尋找合適的旅館，但是要找一家晚餐時間過後還讓人投宿的正經旅館相當困難。我問了五、六家旅館都吃了閉門羹，最後在小鎮外圍略顯僻靜處，終於找到一家不供應餐點的溫泉旅館願意收留我。那是洋溢寂寥感的旅館，看起來就很符合「木賃旅社[1]」這種古早味的名詞。建築物本身年代久遠，可惜純屬老舊，完全找不出古典的雅趣。

甚至看起來到處都有點微妙的歪斜。大概是後來臨時修補改建之處和原先的建築格格不入吧，說不定要撐過下次地震都難。我只能祈禱這兩天別發生大地震。

旅館雖不供應晚餐，但附帶早餐，住宿費便宜得嚇人。一走進玄關就是簡單的櫃台，有個童山濯濯連一根眉毛也不剩的老人向我預收住宿費。由於沒眉毛，他的大眼睛更顯得異樣炯然。老人身旁的坐墊上，有一隻同樣相當老邁的大橘貓熟睡。牠的鼻子似乎不太舒服，發出就貓咪而言過於響亮的鼾聲。酣睡的呼吸節奏不時亂掉。在這家旅館，似乎一切事物都老邁、陳舊且劣化。

我被帶去的房間狹小如專門放棉被的房間，天花板的燈光昏暗，榻榻

1. 木賃旅社：只收柴火費的簡陋小旅社，旅客須自炊。

米每走一步就會發出不祥的噪音吱呀作響。但事到如今也沒資格挑剔。能在有屋頂遮蔽的房間好歹鑽進被窩睡覺就該感激不盡了。

我把唯一的行李——大型肩背包放進房間後，就去了鎮上（那實在不是會讓人想好好放鬆休息的房間），在附近的蕎麥麵店簡單打發晚餐。因為除了那家，附近找不到任何還在營業的餐飲店。我叫了啤酒和幾樣小菜，吃著溫的蕎麥麵。麵條本身並不好吃，湯頭也不夠熱，但我同樣沒資格挑剔。這樣總比空腹入睡好多了。走出麵店，我四處尋找超商，想買點簡單的食物和小瓶威士忌，結果甚麼都沒找到。過了晚間八點，只有幾家射擊遊樂場還開著。我只好回旅館，換上浴衣去樓下的澡堂。

和建築本身及設備的貧瘠相比，溫泉倒是意外地好。溫泉水是看不出稀釋痕跡的濃綠色，硫磺氣味也是這年頭罕見的強烈，泡得渾身從裡到外暖呼呼。除了我之外沒別的客人泡湯（甚至不知有無其他客人投宿），我得以悠哉地泡個過癮。泡了一會後有點頭暈，我起來冷卻身體，之後又回到溫泉池中。我覺得這種外表寒酸的旅館說不定反而更好。與其住大旅館碰上吵吵鬧鬧的團體客，還是這種小旅館住起來更安心自在。

猴子喀啦喀啦拉開落地窗進入浴場，是在我第三次下水泡溫泉時。那隻猴子低聲說句「打擾了」就進來了。我費了一點時間才察覺那是隻猴子。一方面是因為高濃度的溫泉已讓我的腦子相當混沌，而且基本上壓根沒想過猴子會說話，因此一時之間無法把那個外型，和「那是猴子這種動物」的意識合而為一。我就這麼恍恍惚惚地盯著水蒸氣那頭的猴子看了一會。

猴子反手關上落地窗後，收拾浴場散落的小桶，拿著大型溫度計插入水中確認水溫。看溫度計的刻度時，牠倏然瞇起眼。彷彿鎖定某種新型病原菌的細菌學家。

「水溫如何？」猴子問我。

「非常好。謝謝。」我說。我的聲音在水蒸氣中聽起來悶悶的很柔和，那種聲響甚至帶有某種神話式的意味，一點也不像自己的聲音。好似從森林深處歸來，來自過去的回音。那種回音……且慢，為什麼猴子會在這種地方說出人話？

「我幫您搓背吧？」猴子還是用低聲問我。牠的聲音和外表截然不同，音色清亮令人聯想到Doo-Wop（嘟哇式和聲）節奏藍調樂團的男中音。說話方式也沒口音，如果閉著眼聽，只會覺得是普通人在講話。

「謝謝。」我說。其實我並沒有特別想讓誰替我搓背，但這時如果拒絕，搞不好會讓對方以為我「不屑讓猴子幫忙搓背」——我只怕這點。況且牠應該是出於好意才這麼說，我個人是盡可能不想讓猴子傷心。於是我慢吞吞走出溫泉，在小木凳坐下，後背對著猴子。

猴子沒穿衣服。當然猴子通常都沒穿衣服。所以這點我倒沒覺得有何奇怪。這隻猴子似乎很老了，毛色已經花白。牠拿來毛巾，打上肥皂，用老練的動作靈活地替我搓洗背部。

「天氣變冷了呢。」猴子說。

「是啊。」

「再過一陣子，這一帶會積雪很深。到時候要剷雪相當累呢。」

之後是片刻沉默，我忍不住鼓起勇氣問：「你能講人話？」

「對。」猴子乾脆俐落地回答。八成被很多人問過同樣的問題吧。「我從小就被人類飼養，漸漸就學會講話了。我在東京的品川區住過很久。」

「品川區的哪一帶？」

「御殿山那一帶。」

「那可是好地方。」

「是啊，如您所知是個很適合居住的地方。附近還有御殿山庭園，可以親近大自然。」

對話到此暫時中斷。猴子繼續用力替我搓洗背部（感覺相當舒服），這段期間我在腦子裡拚命將事情合理化並釐清頭緒。在品川長大的猴子？御殿山庭園？就算再怎麼樣，猴子也不可能這麼流暢地講人話吧？可牠不管怎麼看都是猴子。外型分明就只是猴子。

「我住在港區。」我說。幾乎是無意義的發言。

「那就在隔壁區呢。」猴子帶著親暱說。

「在品川是甚麼人養你？」我問。

「我的主人是大學教授。專攻物理學，在學藝大學執教。」

「那是知識分子啊。」

「對，沒錯。主人熱愛音樂，特別喜歡布魯克納和理查・史特勞斯的音樂，我也受主人影響偏愛那種音樂。因為從小就一直聽。算是耳濡目染吧。」

「你喜歡布魯克納？」

「對，我喜歡第七號交響曲。尤其是第三樂章總能讓我產生勇氣。」

「我常聽第九號。」這句同樣是無意義的發言。

「是，那真是很美的音樂。」猴子說。

「是那位教授教你說話？」

「對。因為主人沒孩子，或許是移情作用吧，總之只要有空就會細心教育我。他是個非常有耐心，極注重規則的人。個性很認真，平日的口頭禪就是『重複正確的事實才是通往真正睿智之路』。主人的太太很沉默，但是非常溫柔。對我非常好。他們是很恩愛的夫婦，或許我不該把這種事告訴外人，但他們的性生活相當激烈。」

「噢。」我說。

之後猴子替我搓完背，說聲「手藝欠佳不好意思」鄭重一鞠躬。

「謝謝你。」我說。「感覺相當舒服。對了，你在這家旅館工作嗎？」

「是的。我受雇在此工作。氣派的大型旅館絕對不可能雇用猴子。可是這裡總是人手不足，管你是猴子還是甚麼，只要能派上用場就肯雇用。不過我畢竟是猴子，因此薪資微薄，而且只能在不太惹人注目的地方工作。比方說管理浴場啦、掃掃地甚麼的。因為一般客人如果看到猴子端茶來，肯定會嚇到。還有廚房的工作也不行，會涉及食品衛生管理法。」

「你在這兒工作很久了？」

「算算也有三年了吧。」

「不過在你落腳到這之前，肯定也經過種種波折吧？」我試探著問。

猴子毫不遲疑點頭。「對，那當然。」

我有點猶豫，最後還是鼓起勇氣問：「如果不介意，能不能說說你的過往經歷呢？」

猴子想了一會，說道：「好，沒問題。或許沒有您期待得那麼有趣，但我的工作基本上十點就結束了，之後我可以去您的房間。您看這樣可以嗎？」

我當然說可以。「如果到時候能順便帶瓶啤酒來就更好了。」

「沒問題。我會送上冰透的啤酒。喝札幌這個牌子的可以嗎？」

「好啊，無所謂。對了，你喝啤酒嗎？」

「是，托您的福能喝一點。」

「那就麻煩你帶二瓶大瓶的啤酒來。」

「好的。對了，我記得您是住在二樓的『荒磯房』吧？」

我說沒錯。

「不過說來還真有點奇怪耶。在這種深山裡卻叫做『荒磯[2]』。呵呵呵。」猴子說著忍俊不禁。這是我有生以來第一次看見猴子笑。不過就算是猴子，應該也會笑會哭吧。畢竟牠都已經會講話了。

「對了，你有名字嗎？」我問。

「沒有正式的名字，但大家都喊我品川猴。」

猴子推開落地窗走出浴場後，轉身又朝我鄭重一鞠躬，接著緩緩關上落地窗。

十點過後不久，猴子捧著放有二瓶啤酒的托盤來到「荒磯房」（正如猴子所言，為什麼房號會取「荒磯」這種名字，我也百思不解。因為那其實只是個近似儲藏室的簡陋房間，完全沒有足以和荒磯聯想的要素）。托盤上除了啤酒瓶，還有開瓶器和二個玻璃杯、魷魚絲和花生米果。看來倒是相當機伶貼心的猴子。

猴子現在穿了衣服。是印有「I❤NY」的厚質長袖T，搭配灰色運動褲。想必是撿哪家小孩不要的舊衣服吧。

因為房間沒桌子，我們就併排坐在單薄的坐墊上，背靠牆壁。猴子用開瓶器打開啤酒，倒入二個玻璃杯。然後我們默默乾杯。

「謝謝您的招待。」猴子說著，津津有味地大口暢飲冰透的啤酒。我也同樣地喝啤酒。和猴子並肩坐著一起喝啤酒，老實說感覺相當奇妙，但那八成也只是習慣的問題。

「啊——下班後來一杯啤酒特別過癮。」猴子用毛茸茸的手背擦嘴

2. 荒磯：怒濤洶湧的海岸或岩岸。

說。「不過我是猴子，能夠這樣喝啤酒的機會並不多。」

「你在這裡工作是包吃包住？」

「對。就在類似小閣樓的地方鋪被子讓我睡。有時會有老鼠跑出來，所以有點不安穩，不過我畢竟是猴子，能夠蓋被子睡覺且一日三餐都有著落就該感激不盡了。雖然說……還談不上人間天堂。」

猴子喝完了第一杯啤酒，於是我又替牠倒了一杯。

「謝謝您。」猴子彬彬有禮地道謝。

「那你和人類以外的夥伴……或者說其他猴子，一起生活過嗎？」我又問。我有太多問題想問這隻猴子。

「有啊，有過幾次。」猴子臉色略顯黯然說。眼角的皺紋彷彿層層摺疊變得很深。「因為某些緣故，某日我被硬生生趕出品川，放逐到高崎山。起初在那裡看起來應該可以過得很安穩，可惜最後還是處不來。畢竟我是在人類的家庭，被大學教授夫妻養大的，和其他的猴子——當然牠們是我的重要同胞——已經無法心意相通。也沒有共通的話題，總之就是無法圓滑地溝通。牠們批評我『發音有點奇怪』，動不動就嘲笑我，欺負我。母猴們看到我就吃吃笑成一團。猴子對一點小小的差異也會很敏感。在牠們看來，我的舉動似乎有點滑稽，或許還有某部分令牠們感到不快和煩躁。因此我漸漸顯得格格不入，不知不覺已離群索居。變成所謂的『流浪猴』。」

「想必很寂寞吧。」

「是啊，那當然。沒有任何人保護我，我得自己設法找到食物努力活下去。不過說來說去最痛苦的，還是無法和任何人溝通。我無法和猴子講話，也無法和人類講話。孤獨的滋味真的很煎熬。當然高崎山也有很多人類出現，但我也不可能隨便逮到一個人就跟人家講話。如果那樣做，肯定會引起很大的混亂。換句話說我不屬於猿猴社會，也不屬於人類社會，成了兩頭不討好的孤獨猴。那段日子真有切膚之痛。」

「況且也不能聽布魯克納。」

「對，和音樂那種東西完全無緣。」品川猴說。接著又喝了一口啤酒。我一直在注意猴子的臉孔，牠的臉本就是紅色的，但並未變得更紅。或許這是隻酒量極佳的猴子。也或許，猴子就算喝醉了也不會臉紅。

「還有一個讓我最痛苦的就是女性關係。」

「噢。」我說。「女性關係又是怎麼說？」

「簡而言之，我對母猴毫無性慾。這樣的機會也有過幾次，但是老實說，我就是提不起那種興致。」

「明明是猴子，對母猴卻無法產生性慾？」

「對，就是這樣。我不怕羞地直說吧，不知不覺，我已經變成只能愛上人類女性的體質了。」

我默默喝光自己杯中的啤酒。接著打開花生米果的袋子，抓了一把放在手心。「那在現實生活中，或許會造成小小的困擾呢。」

「是的，在現實生活中非常困擾。因為我畢竟如您所見是隻猴子，基本上無法奢望人類女性回應我的欲求。況且就遺傳學而言想必也是錯誤的行為。」

我默默靜待下文。猴子抓抓耳朵後面，最後說：

「所以，我為了排遣這種得不到滿足的愛意，不得不自己另尋他法。」

「另尋他法？比方說甚麼樣的？」

猴子眉心的皺紋在一瞬間倏然變深。紅臉膛似乎也有一點點發黑。

「說來您或許不相信，」猴子說。「應該說，我想您八成不會相信，但是從某天起，我開始偷取我愛上的女性的名字。」

「偷名字？」

「對。我也不曉得為什麼，但我似乎天生就有那種特殊能力。只要我想，我就可以偷走某人的名字據為己有。」

我的腦子再次開始混亂。

「我不太懂，」我說。「你偷走某人的名字，換言之那個某人從此會失去自己的名字嗎？」

「不。那個人並不會失去名字。我偷走的只不過是那個名字的一部分，一小片。但是被我偷走後，名字的厚度會變薄，重量會減輕。就好像天色漸暗後，自己落在地面的影子也會隨之變淡。即使有時產生那樣的損失，當事人自己或許也沒有明確察覺。頂多只覺得有點怪怪的。」

「可是其中也有人清楚感到自己的名字某部分被偷走吧？」

「對。當然也有那樣的人。有時會忽然好像想不起自己的名字。不消說，這當然很不便——也不妥當。有時可能也會覺得自己的名字不像自己的名字。那種時候，甚至會升高到近似自我認同的危機。那完完全全都是我的錯。是因為我偷走那人的名字。我非常抱歉。良心的苛責動輒對我造成沉重的壓力。可我明知不應該，還是忍不住要去偷。我不是要替自己狡辯，但是我的多巴胺這樣命令我。是它在說，少囉嗦，總之你去偷就是了，反正又沒有違法。」

我抱著膀子打量那隻猴子半晌。多巴胺？最後我終於說：「你偷的，只限於你暗戀的，或者讓你產生性慾的女人名字吧？」

「對，就是這樣。我可沒有不分青紅皂白隨便亂偷名字。」

「到目前為止你偷過幾個人的名字？」

猴子若有所思地屈指細數。只見牠一邊掰手指頭，一邊小聲嘀嘀咕咕。之後牠抬起頭。「總共七個。我偷了七個女人的名字。」

一時之間我無法判斷這個數目是多還是少。我問猴子：

「名字要怎麼偷？方便的話能否把那個方法告訴我？」

「這個嘛，主要是使用念力。那是專注力，一種精神能量。但光有那個還不夠，必須有記載那人名字的某種有形之物。身分證件是最理想的。比方說駕照或學生證、健保卡、護照甚麼的，或者名牌之類的東西也行。總之一定要拿到那種具體的東西。基本上都是用偷的。只能偷。別看我這樣好歹也是猴子，所以趁對方不在潛入家中我還挺拿手的。然後找出寫有名字的適當物件，我就帶走。」

「所以你就是用寫有那個女人名字的東西，和你的念力，偷取對方的名字。」

「就是這樣。長時間凝視上面寫的名字，聚精會神，把暗戀對象的名字原封不動攝入我的意識中。這樣很花時間，精神和肉體上的消耗也很大，但我還是一心一意地設法做到了。於是她的一部分成為我的一部分。藉此，我那無處排遣的愛意便可平安無事地得到滿足。」

「即使沒有肉體行為？」

猴子用力點頭。「對，我雖然是猴子，但我不會做下流勾當。能夠把我愛的女人的名字據為己有——光是這樣就已足夠。那的確是涉及性慾的惡行，但同時也是純潔無瑕的柏拉圖式行為。我只是悄悄在心中獨自愛著那個名字而已。就像和風悄悄越過草原。」

「嗯——」我佩服地說。「就某種角度而言，那或許的確堪稱極致的戀愛吧。」

「是，就某種角度而言，或許是極致的戀愛。但同時也是極致的孤獨。說穿了就像一枚銅板的兩面。二者合而為一，永不分離。」

對話到此暫告一段落，之後我和猴子默默喝啤酒，各吃了一點花生米果和魷魚絲。

「最近你還偷過誰的名字嗎？」我問。

猴子搖頭。用手指夾起手臂上的硬毛。彷彿再次確認自己是真正的猴子。「沒有，最近我沒有偷過任何人的名字。自從來到這個小鎮我就下定決心，徹底戒除那種惡習。也因此最近我這渺小的猴子魂才能得到一定的安穩。我把以前得到的七個女性的名字珍藏在心中，過著穩定的生活。」

「那就好。」我說。

「這樣請求或許很冒昧，但是關於愛情，可否容我陳述一下淺見？」

「當然可以。」我說。

猴子一再用力眨眼。長長的睫毛如被風吹動的棕櫚葉上下翻飛。之後牠緩緩吸口氣，就像跳遠選手在助跑前做的深呼吸。

「我在想，所謂的愛，是我們這樣活下去不可或缺的燃料。那份愛或許有一天會結束。或許不會有美滿結果。但即使愛消失了，即使愛未能開花結果，還是可以繼續抱著自己愛過某人、戀慕過某人的記憶。那也會成為我們的寶貴熱源。如果沒有那樣的熱源，人的心——猴子的心當然也是——最後大概就會變成酷寒的荒蕪野地吧。那片大地終日不見陽光照耀，想必也孕育不出以安寧為名的花草，以希望為名的樹木。我在這心中（猴子說著把手心放在自己毛茸茸的胸口），珍藏著昔日愛過的七位美麗女性的芳名。我打算把它當成自己小小的燃料，在寒夜裡用它細細溫暖身體，就此度過我的餘生。」

說到這裡，猴子又吃吃笑了。並且一再輕輕搖頭。

「不過這種說法好像也很奇怪。『猴子的人生』，這算是自相矛盾嗎？呵呵呵。」

二大瓶啤酒都喝光後，已經十一點半了。猴子說牠也該告辭了。「今晚實在太愉快，忍不住就扯了這麼多廢話。真不好意思。」

「哪裡，你的故事很有意思。」我說。「有意思」這種形容詞或許不太適切。因為光是和一隻猴子一起喝啤酒聊天，就已是相當不可思議的體驗。而且那隻猴子還愛好布魯克納，會因為受到性慾（或者愛情）的驅使去偷竊人類女性的名字，這豈止是「有意思」，簡直是很離譜的故事了。但是為了不過度刺激猴子，我還是盡量選擇比較安全的說法。

臨別時我塞了一張千圓鈔票給猴子當小費。「錢不多，你拿去買點好吃的。」我說。

猴子起初堅持不要，但我再次勸說後，牠就老實收下了。然後牠把鈔票折起，小心翼翼塞進運動褲的口袋。

「真是謝謝您。聽我這愚不可及的猴子講自家私事，又請我喝啤酒，最後還這麼好心關照我，真是讓我慚愧。」

猴子把空啤酒瓶和玻璃杯放到托盤上，捧著那個離開了。

隔天早上，我就離開旅館直接回東京了，那時完全沒遇到猴子。櫃台那個沒頭髮也沒眉毛有點詭異的老人和鼻子不健康的老貓也不在。我對態度冷漠的中年胖女人說，我要支付昨晚追加的啤酒錢。她卻堅持沒有提供追加的啤酒。她說，更何況我們這裡只有賣自動販賣機的罐裝啤酒，根本沒有供應瓶裝啤酒喲。

我的意識又有點混亂。有種現實與非現實亂七八糟錯位之感。我明明記得昨晚和猴子一起喝了二大瓶冰透的札幌啤酒，聽了牠的身世故事。

我本想對中年女人提起猴子，想想又作罷。說不定，根本沒有那種猴子存在，一切只不過是我泡溫泉泡太久腦子發昏浮現的妄想。或者，也許我只是做了一個寫實又奇妙的漫長夢境。這樣的話，如果我說「你們旅館雇用了會講話的老猴子當員工吧」，下場八成會很尷尬，弄得不好說不定還會被當成瘋子。抑或，旅館只是礙於國稅局或衛生所之類的規定，無法在台面上公開雇用猴子的事實（那絕對大有可能）。

回程的列車上，我把從猴子那裡聽到的故事從頭一一回想。盡可能把我還記得牠當時說過的話寫在工作用的筆記本上。因為我打算回到東京後，就把這段經過從頭到尾詳細記錄下來。

即使猴子真的存在——我怎麼想都覺得是真的——那隻猴子邊喝啤酒說出來的話，有幾分能夠當真，老實說我無法判斷。偷取女人的名字據為己有，這種事真的做得到嗎？那是只有那隻品川猴被賦予的特殊能力嗎？誰又能斷言那隻猴子不是妄想症？當然我也沒聽說過罹患妄想症的猴子，但既然有能夠靈巧口吐人言的猴子，就算有罹患妄想症的猴子，在原理上想必也不足為奇。

但我基於職業關係，過去聽過許多人的各種故事，甚麼話可以信，甚麼話不能當真，我心裡大致有數。只要敘述有一定的長度，從敘述者的微妙氛圍，以及他（她）送出的各種信號，大抵上都能憑直覺洞察。所以我個人絕不相信品川猴講的是虛構的故事。牠的眼神和表情、不時陷入沉思的樣子、稍微的停頓、各種動作、遣詞用字……無論哪方面都極為自然，況且也完全找不出貌似虛構的要素。最主要的是，我想肯定猴子告白時那種令人心疼的誠實。

我結束隨興的隻身旅行回到東京，重新開始都市的忙碌生活。明明沒接甚麼大工作，可是隨著年紀增長，不知怎地日子越來越忙。而且時間也過得越來越快。結果，我沒對任何人提起品川猴，也沒有寫在文章裡。因為我想就算我說出來肯定也無人相信。別人八成只會說：「你又在編故事了吧？」沒有寫成文章，則是因為我毫無頭緒，不知到底該用哪種形式來敘述。當成事實來寫未免太奇想天外，除非拿出具體證據——那隻猴子親自現身說法，否則想必誰也不相信。可是如果當成虛擬小說來寫，故事的焦點和結論又嫌太不明確。還沒動筆就可想見編輯看完稿子的困惑神情。搞不好編輯還會問：「我很不想對作者本人問這種問題，但這個故事的主題究竟是甚麼？」

主題？壓根找不出那種東西。就只是一隻會講話的老猴子現身群馬縣的小鎮，在溫泉旅館替客人搓背，喜歡冰啤酒，愛上人類女性，四處偷走她們的名字，如此而已。這種故事哪有甚麼主題或寓意可言？

就在忙東忙西的過程中，那個溫泉小鎮的離奇遭遇，逐漸在我的記憶中淡去。無論再怎麼鮮明的記憶，終究不敵時間的力量。

五年後的現在，我之所以根據當時寫在筆記本上的紀錄這樣撰寫品川猴的故事，是因為最近發生了一件令我有點耿耿於懷的小事。如果沒有此事發生，我或許不會寫這篇文章。

那天下午，我和人約在赤坂某飯店的咖啡廳談工作，對方是某家旅遊雜誌的女編輯。年紀大約三十歲左右，外貌相當美麗。身材嬌小，一頭長髮，膚白勝雪，還有迷人的大眼睛。她在編輯工作方面也很幹練。而且迄今未婚。過去我也曾數次和她共事，某種程度上還算熟識。談完工作後，我們就喝咖啡隨意閒聊。

這時她的手機響了，她略帶顧忌地看我一眼。我比手勢請她儘管接電話。她檢視來電號碼後才接聽電話。似乎是確認預約的電話。總之不脫餐廳訂位或旅館訂房、飛機訂位之類的。她看著記事本講了一會電話，最後困擾地看著我。

「不好意思，」她摀住電話口，小聲對我說。「我想問個奇怪的問題，我的名字叫甚麼來著？」

我霎時倒抽一口氣，但我還是若無其事報上她的名字。她點點頭，把那個名字告訴來電者。之後掛斷電話，向我道歉。

「真的很抱歉。不知怎麼搞的，突然想不起來自己的名字。真丟臉。」

「這種情形，經常發生嗎？」我問。

她似乎有點迷惘不知該怎麼辦，最後點點頭。「對，最近這種情形經常發生。我想不起自己的名字。就好像突然斷電。」

「還有其他想不起來的嗎？比方說想不起自己的生日，或是想不起電話號碼或密碼？」

她明確搖頭。「沒有，完全沒發生過。我本來就記性很好，朋友的生日我可以統統背出來，也從來沒忘記過別人的名字。偏偏就是常常想不起自己的名字，真是令人費解。雖然過個兩三分鐘就會漸漸恢復記憶，但那兩三分鐘的空白很不方便，而且也會有種自己不再是自己的不安。」

我默默頷首。

「這該不會是甚麼早發性失智症的前兆吧？」

我嘆口氣。「誰知道，醫學方面的東西我也不大了解，不過那是甚麼時候開始的？我是說，妳忽然想不起自己名字的這種症狀。」

她瞇起眼想了一會。「應該是半年前開始的。因為我記得我是在賞花時，忽然想不起自己的名字。那是我第一次出現這種情形。」

「這麼問或許很奇怪，但妳當時有沒有遺失甚麼東西？我是指可以當作身分證件，比方說駕照、護照、健保卡之類的。」

她咬著小嘴唇思考片刻。之後方說：

「對，被你這麼一說，當時還真的遺失了駕照。我午休時間在公園的長椅休息，皮包就放在身邊。後來我拿出粉餅盒補口紅，等我再往旁邊一看，皮包就不見了。我實在無法理解。因為我的視線離開皮包只有一下子，期間我既未感到任何動靜，也沒聽到甚麼人的腳步聲。環視四周也沒有半個人影。而且公園很安靜，如果有人過來偷皮包，我一定會察覺到。」

我不發一語，繼續聽她說。

「離奇的還不只是那個。當天下午警察立刻通知我，說我的皮包找到了。據說皮包就放在公園附近的派出所前。皮包裡面的東西幾乎都沒少。現金、信用卡、金融卡、手機，全都好好的沒被人動過。唯獨駕照不見了。就只有那個被人從皮夾抽走。警察局的人也很驚訝，說這種情形前所未聞。不偷現金，只偷駕照，而且還特意把皮包放在派出所門口。」

我暗自嘆氣，但我還是沒說話。

「我記得那是三月底發生的事。後來我立刻去鮫洲的監理站重新辦了一張駕照。總之整件事莫名其妙很不可思議，不過，幸好沒有受到甚麼實質上的損害。況且鮫洲離我公司還滿近的，也不費甚麼功夫。」

「我記得鮫洲是在品川區吧？」

「沒錯。在東大井。我們公司在高輪，坐計程車的話一下就到了。」她說。接著忽然面露詫異地看著我。「請問，我想不起自己的名字，和我的駕照失竊有甚麼關聯嗎？」

我慌忙搖頭。這時不能對她提起品川猴。如果那樣做，她肯定會向我打聽猴子的下落，說不定還會直接殺去那家旅館見猴子——為了逼問事情原委。

「不，沒甚麼關聯。我只是忽然想到隨口問問。因為和名字有關。」我說。

她還是一臉不相信地看著我。但我明知危險，還是不得不問一個更重要的問題。

「對了，妳最近有沒有在哪裡見過猴子？」

「猴子？」她說。「你是說monkey那個猴子吧？」

「對。活生生的猴子。」我說。

她搖頭。「沒有，這幾年應該一次也沒見過猴子。無論在動物園或其他任何地方。」

是品川猴又開始行動了嗎？或者那是別的猴子模仿牠做出的犯行（copy monkey）？抑或是猴子以外的某種東西幹的？

我實在不願懷疑品川猴又開始「偷名字」。那隻猴子明明對我淡然說過，將七名女性的名字珍藏心中就已足夠，之後將會在群馬縣那個溫泉小鎮平靜度過餘生。我相信那是牠的真心話。但那隻猴子，或許有某種光靠理性無法徹底壓抑的精神性宿疾。說不定那種病，以及牠的多巴胺，強迫牠「總之動手就是了」。或許是那個讓牠重回品川，又開始犯起老毛病。

我自己或許哪天也會嘗試那個——失眠的夜晚，偶爾也會意外萌生這種不著邊際的想法。或許我會設法弄到暗戀對象的身分證件或名牌，集中意識把她的名字攝入自己內心，悄悄將她的一部分據為己有。不知那究竟會是甚麼感受？不，那種事首先就不可能發生。我本來手腳就沒那麼靈活，應該也沒本事神不知鬼不覺地偷走別人的東西。哪怕那個是無形之物，哪怕那種偷竊並不觸法。

極致的戀情，極致的孤獨——從此我每次聽布魯克納的交響曲就會忍不住思索品川猴的「人生」。我遙想在溫泉小鎮某間破旅館的小閣樓，裹著單薄的被子睡覺的老猴子。遙想那年我們並肩靠牆坐著喝啤酒，一起吃過的花生米果和魷魚絲。

我和那個旅遊雜誌的美女編輯，後來再也沒見過面。所以她的名字後來經歷了甚麼樣的命運，如今我並不清楚。但願沒發生甚麼大麻煩就好。因為她毫無過錯也沒有任何責任。但是雖覺內疚，我還是無法把品川猴的故事告訴她。

第一人稱單數

平時我幾乎毫無機會穿西裝。有也是頂多一年兩三次。我不穿西裝，是因為幾乎沒碰上必須這樣打扮的狀況。雖然配合場合也會穿休閒西裝，但是不會打領帶，也不可能穿皮鞋。我為自己選擇的（雖說純粹是就結果而言），就是這種人生。

不過有時候明明沒那種必要，我也會主動穿西裝打領帶。為什麼？打開衣櫃，檢查有哪些衣服（否則會搞不清楚自己到底擁有甚麼衣服），望著買回來之後幾乎沒穿過的西裝，還套著洗衣店塑膠袋的正式襯衫，完全看不出打過的痕跡的領帶，我不由對這些衣服萌生愧疚，於是取來試穿。為了測試是否還記得，我嘗試了幾種領帶的打法，也試著給領帶打出dimple（酒窩）。我只有一個人在家時才會這樣做。因為如果有人在，我還得解釋一下自己幹嘛非要做這種事。

實際這樣穿上後，既然都已經穿西裝了，馬上脫掉也沒意思，會有點想穿著這身衣服出去走走。於是我就穿西裝打領帶獨自上街了。感覺倒也不壞。我感覺表情和步伐都和平時有點不同了。有種脫離日常的新鮮感。但是漫無目的地在街上走了一小時之後，新鮮感也逐漸淡去。我開始厭倦穿西裝打領帶，脖子周圍也刺癢癢的喘不過氣。穿皮鞋的腳步聲踩在路面的聲音太硬太響亮。我只想回家脫下皮鞋，甩開西裝，扯下領帶，換上皺巴巴的運動衫和運動褲躺在沙發上安心放鬆。那是只有短短一小時，無害的——至少對我而言沒必要抱著罪惡感——祕密儀式。

那天，我獨自在家。妻子出去吃中國菜了。我從來不吃中國菜（好像是中國菜使用的香料之中，有某些成分會引起過敏），因此她想吃中國菜時，就會邀約要好的姊妹淘去吃。

獨自用完簡單的晚餐後，我聽著很久沒聽的瓊妮・密契爾的舊唱片，坐在讀書專用的椅子上看推理小說。那是我喜愛的專輯，也是我喜歡的作家新作。然而不知怎地就是定不下心，對音樂和小說都無法完全集中精神。我本想看事先錄下的電影，卻找不出任何想看的電影。偶爾就會碰上這種日子。有自由的時間，想做點自己喜歡的事情，卻想不出該做甚麼才好。明明應該有很多想做的……。就這麼無所事事在屋裡打轉之際，忽然心生一念，對了，偶爾也來穿穿西裝吧。

我把幾年前買的 Paul Smith 的深藍色西裝（當初是因為有必要才買，到目前為止卻只穿過二次）在床上攤開，挑選搭配的領帶和襯衫。我選了淺藍色寬領襯衫，在羅馬機場的免稅店買的 Ermenegildo Zegna 的細碎佩斯里花紋領帶。站在全身鏡前，看著自己穿西裝打領帶的模樣。還不壞。至少找不出肉眼可見的缺點。

然而那天，我站在鏡前感到的，不知為何竟是帶有一抹心虛的違和感。心虛？該怎麼形容才好呢……那或許類似粉飾自己過往經歷的人會感到的罪惡感。儘管沒有觸法，卻是涉及倫理課題的謊報資料。明知不能做這種事、做了不會有甚麼好下場，還是無法停手，就是那種行為帶來的不自在。雖然純屬想像，但或許也類似瞞著別人男扮女裝的心情。

不過仔細想想還真不可思議。我是個已經成年許久的人，每年按時報稅，該繳多少錢從不拖欠，目前除了違反交通規則之外沒有犯過法，雖然談不上有充分的教養好歹還算過得去。湊巧也知道巴爾托克·貝拉和史特拉汶斯基是哪一個先出生（知道的人想必並不多）。而且我現在身上穿的衣服，全部都是透過合法的——至少不是非法——每日工作賺來的收入購買的。照理說應該沒有任何受人批評的成分。那我為什麼非要抱著這種罪惡感，或者說是倫理上的違和感呢？

我告訴自己，算了，誰都會有這種時候。就連金格・萊恩哈特[1]都有按錯和弦的夜晚，尼基・勞達[2]也有開車失手的午後（我想大概有）。所以關於此事，我決定不再深思。於是我穿著西裝，踩著馬臀皮做的黑皮鞋獨自上街了。其實我如果聽從直覺，在家乖乖看電影就沒事了，可惜那當然只不過是「事後諸葛」的結果論。

那是個舒適的春夜，天空掛著明亮的滿月。路旁的成排行道樹已開始冒出綠色嫩芽。正是散步的好天氣。我漫無目的在街上走了一會之後，決定去酒吧喝杯雞尾酒。不是我平時常去的住家附近的酒吧，我多走了一段路，走進從未去過的酒吧。如果是常去的酒吧，熟悉的酒保肯定會對我說「今天是吹的甚麼風？好像很少看你穿西裝打領帶」之類的話，我也懶得一一說明理由（因為本來就沒有理由）。

才剛入夜，所以位於大樓地下室的那間酒吧生意冷清，只有二個四十歲左右的男客結伴坐在卡座。大概是剛下班的上班族，穿著深色西裝打了不惹人注目的領帶。二人頭碰著頭正在小聲交談，桌上放著文件資料，想必在談和工作有關的事。但也說不定只是在預測賽馬。反正不管怎樣都與我無關。我在離他們有段距離的吧台，盡量選了燈光較亮的位子坐下（為了看書），向打領結的中年酒保點了一杯伏特加琴蕾（Vodka Gimlet）。

過了一會，冰涼的調酒送到眼前的紙製杯墊上，我從口袋掏出推理小說，繼續接著往下看。還剩下三分之一沒看完。正如前面也提過的，這是我比較喜愛的作家的新作，可惜這次的故事情節不大能挑起我的興趣。而

1. 金格・萊恩哈特（Django Reinhardt, 1910-1953）：歐洲爵士樂史上最偉大的吉他手。
2. 尼基・勞達（Niki Lauda, 1949-2019）：奧地利人，F1傳奇賽車手。

且看到一半就已搞不清楚人物與人物的關係。但我還是半基於義務半習慣性地繼續看那本小說。我從以前就不喜歡把書看到一半就扔下。說不定到了最後，故事會突然出現有趣的發展——雖然那種事實際發生的機率相當低。

我慢吞吞啜飲伏特加琴蕾，一邊看了二十頁小說，但是不知怎地，在這裡也和在家時一樣，無法集中精神看書。而那顯然不只是因為小說不夠有趣，也不是因為酒吧的氣氛不夠沉靜（沒有多餘的音樂，有適度的燈光照明，就看書環境而言無可挑剔）。那似乎還是因為我之前就一直隱約感到的違和感。其中有種微妙偏差的意識。感覺就像自己這個內容物，和現有的容器無法契合，或者說，是本該有的整合性，好像在某個時間點遭到破壞。有時就是會有這種事。

吧台後面的牆上，有陳列各式酒瓶的架子。背後的牆壁鑲著大片鏡子，映出我的身影。我定睛看著，想當然耳，鏡中的我也在目不轉睛看著我。那時我忽然有這樣的感覺——也許我在哪裡接錯了人生的電子迴路。而且看著穿西裝打領帶的自己，這種感覺越發強烈。越看越覺得那不是我自己，而是我很陌生的某個別人。然而那裡映現的——如果不是我自己——究竟又是誰？

在我過往的人生中——一般人的人生想必也是如此——有過幾個重大的分歧點。往右或往左都能走。而我每次選了右邊，或者左邊（有時是有選那邊的明確理由，但找不出任何理由的時候或許更多。而且那經常並非我自己做的選擇，也有很多次是**對方**選擇了我）。而我此刻在這裡。在這裡，有這樣第一人稱單數的我存在。只要稍微選了一個不同的方向，這裡想必就不會有這個我。**可是映現在這鏡中的究竟是誰**？

我合起書本，將目光從鏡子移開。然後一再深呼吸。

驀然回神才發現店內開始變得擁擠。我右手邊隔著二張無人的高腳凳坐了一名女子，正在喝不知名的淺綠色調酒。好像沒有同伴，也或許是正在等同伴前來會合。我假裝看書，偷偷觀察鏡中的她。不是年輕女孩，年紀大概在五十歲左右吧。而且就外表看來，似乎完全沒有努力讓自己看起來比實際年齡年輕一點。大概是因為對自己有一定的自信。身材嬌小苗條，頭髮整齊剪短到恰好的長度。穿著相當時尚。看似質地柔軟的條紋連身裙，搭配米色喀什米爾開襟外套。臉蛋雖非特別出眾的美人，卻洋溢一種圓滿完結的氛圍。想必年輕時是個惹人注目的女性，肯定有過很多追求者。她低調自然的時尚裝扮讓人感到那樣的過往歷史。

我叫來酒保點了第二杯伏特加琴蕾，吃了幾顆下酒的開心果，又埋頭看書。不時伸手觸摸領帶的領結，為了確認那個結依然完美。

過了十五分鐘後，她改坐到我旁邊的椅子。由於吧台區的客人漸增，她像是被新來的客人擠過來的。看樣子她真的沒有同伴。我在吧台燈光下，把書看到只剩最後幾頁了。雖然故事情節還是完全看不出會出現有趣高潮的跡象。

「不好意思。」她突然朝我發話。

我抬頭看她。

「你好像很專心在看書，我可以請教一下嗎？」雖是身材嬌小的女性，聲音卻低沉粗厚。儘管還不到冷冰冰，至少完全聽不出其中有任何友善的、或者誘惑的味道。

「可以啊。反正也不是太有趣的書。」我把書籤夾在書中，合起書頁說。

「那樣做有甚麼樂趣？」她問。

我不大理解她想說甚麼。我扭身側過去，正面看著她的臉。我對那張臉毫無印象。我對別人的長相雖非過目不忘，但我很有把握以前絕對沒見過這個女人。如果見過，我肯定會記得。她就是那種女人。

「哪樣做？」我反問。

「擺出瀟灑的架式，獨自坐在酒吧的吧台，喝著琴蕾，默默專心看書。」

她想說甚麼，我還是完全無法理解，但至少能夠感知，她的話中帶著不小的惡意，或者說敵意。我看著她的臉，默默等待下文。她的臉上不可思議地漠無表情。彷彿打定主意不讓對方——也就是我——讀取到任何本該存在的感情。她也沉默許久。我想大概有一分鐘吧。

「伏特加琴蕾。」我打破沉默說。

「你說甚麼？」

「不是琴蕾，是伏特加琴蕾。」或許是無用的發言，但那二者之間還是有明確的差異。

她簡潔地微微搖頭。彷彿要趕走眼前飛來飛去的討厭小蒼蠅。

「是甚麼都不重要，你認為那樣很帥？你覺得很有都市風格、很瀟灑？」

我大概應該立刻結帳，盡快走人才對。我早就明白那是這種狀況下的最佳應對方式。這個女人基於某種理由纏上我找碴，想必是在對我挑釁。為什麼她非要這麼做，我實在是莫名其妙。也許單純只是她心情不好。也可能是我這個人身上的某個特定部位，對她的神經敏感點造成負面刺激，惹得她發火。但是不管怎樣，和這種人扯上關係，能夠產生好結果的可能性無限接近零。說聲抱歉，微笑起身離席（微笑純粹只是附加選項），迅速結帳盡可能遠離——那才是最明智的做法。而我找不出任何理由不這麼做。我本來就不是爭強好勝的個性，也不喜歡看不出重大意義的爭執。毋寧更擅長沉默的撤退戰。

但是那一刻，不知為何我並未這麼做。某種東西阻止了我這麼做。或許有人將之稱為好奇心。

「不好意思，請問我們認識嗎？」我鼓起勇氣問她。

她倏然瞇起眼，像在看甚麼不可思議的東西似地看著我。眼角的魚尾紋也變得更深。「認識？」然後她拿起自己的雞尾酒杯（在我印象中那大概是第三杯），輕啜一口杯中的東西——我不知道那是甚麼——然後說。「認識？那種字眼到底是從哪冒出的？」

我再次搜尋記憶。我曾在哪見過這個女人嗎？答案依然是NO。不管怎麼想，今天應該都是頭一次見面。

「妳該不會把我誤認成甚麼人了吧？」我說。但我的聲音異樣扁平，毫無抑揚頓挫，不知怎地聽來竟然不像自己的聲音。

她微微冷笑。「你想這麼以為？」她把巴卡拉水晶做的單薄酒杯放回眼前的杯墊上。

「那套西裝挺帥的。」她說。「可惜不適合你。看起來像穿著借來的衣服，領帶和那套西裝的氛圍也有點不搭，微妙地互相排斥。那條領帶是義大利的，西裝八成是英國貨。」

「妳對西服倒是很了解。」

「對西服很了解？」她有點驚訝地說，雙唇微啟，再次認真打量我的臉。「事到如今你說的是甚麼廢話？這不是理所當然嗎？」

理所當然？

我在腦中搜尋了一下我認識的服飾界人士。我只認識幾個服飾業界的人，而且都是男的。不管怎麼想都說不通。

為什麼那是理所當然？

我也想過對她解釋今晚這樣穿西裝打領帶的原因，但我念頭一轉又決定作罷。因為就算解釋了，她對我的攻擊恐怕也不會減弱。反而只會在怒火（類似那樣的）上澆油吧。

我把杯中剩下的少許伏特加琴蕾一口喝光，靜靜下了吧台的凳子。不管怎麼想，都已到了結束對話的時候。

「我想你大概不認識我。」她說。

我默默點頭。是的，想必如此。

「就直接關係而言。」她說。「只在某處見過一次。但是並未特別深入談話，所以我想你大概不認識我。況且你當時似乎還忙著其他事情——一如既往。」

一如既往？

「但我是你朋友的朋友。」那個女人用沉靜、但是斬釘截鐵的聲調繼續說。「你那個好朋友，或者該說曾經要好的朋友，現在對你非常不爽，我也跟她一樣對你很不爽。你自己應該心裡有數。你不妨好好想一想。三年前，在某個水邊發生的事。你在那裡做了多麼過分、多麼殘忍的事。你真可恥。」

夠了。我幾乎是條件反射地抓起只剩幾頁沒看完的小說，塞進西裝外套的口袋。雖然打算繼續看的念頭早已消失無蹤。

我迅速拿現金結帳走出酒吧。女人沒有再多說，只是目不轉睛看著我離開。我始終沒回頭，但是直到我走出店門為止，西裝的背部始終可以感到她那強烈的注視。那種宛如被尖銳的長針戳刺的感覺，穿過Paul Smith西裝的高級布料，在我的背部留下深刻的痕跡。

我踩著狹仄的樓梯走上地面，一邊試圖稍微整理思緒。

剛才我應該當場反駁她嗎？我應該問「妳指的究竟是甚麼事」要求她做出具體說明嗎？因為她說的話，我個人不管怎麼想都覺得是很冤枉的無端指控。

可我不知為何就是做不到。為什麼？我想我大概在害怕。我怕那個並非實際的我的我，三年前「在某處水邊」，對某個女性——想必是我不認識的某人——做出的殘忍行為會被挑明。也怕我內心連自己都無從得知的某種東西，說不定會被她扯到肉眼可見的場所。與其那樣，我寧可選擇默默吞下了凳子，承受無緣無故（我只能這麼想）的嚴厲指責就此離去。

那是適切的行為嗎？如果同樣的事情再次發生，屆時我還是會採取同樣的行動嗎？

不過話說回來「水邊」到底是哪裡？那個字眼帶有某種奇妙的味道。

那是海邊，湖邊，河邊，或是更特殊的水的集合體？三年前我曾去過哪裡的大片水邊嗎？我無法追溯記憶。就連三年前到底是幾時發生的事，都無法明確掌握。她對我說的，一切都很具體，同時卻又很抽象。每一部分都很鮮明，同時卻欠缺焦點。那種牴觸從奇妙的角度吊緊我的神經。

不管怎樣，口中殘留非常討厭的感觸。那是想吞吞不下，想吐也吐不出的某種東西。如果可以的話我很想單純地發脾氣。因為我沒道理受到這樣不合理、不愉快的對待。因為她對我的指控，不管怎麼想都難以稱為公平。畢竟不管怎樣，在她主動對我發話之前，那本來是個心情安逸舒適的春夜。可我很不可思議的竟然沒生氣。迷惘與困惑的浪潮，把其他的情緒，或者說邏輯，至少暫時沖走了。

我拾級而上來到建築物外時，季節已非春天。天上的明月也消失了。

眼前已非我熟悉的一如往常的道路，就連行道樹也很陌生。而且所有的行道樹樹幹上，都有濕濕滑滑的大蛇，化為活生生的裝飾纏繞著，蠕動著。他們的鱗片摩擦聲聽來窸窸窣窣。人行道上堆積的白灰深及腳踝，走過的男男女女都沒有臉孔，從喉嚨深處噴吐出硫磺似的黃色氣息。空氣冷得凍人，我把西裝外套的領子豎起。

「你真可恥。」那個女人說。

AIP0994

第一人稱單數

作　　者—村上春樹
譯　　者—劉子倩
編　　輯—黃煜智
校　　對—魏秋綢
企　　劃—吳儒芳
封面設計—莊謹銘
內頁排版—綠貝殼資訊有限公司

總 編 輯—胡金倫
董 事 長—趙政岷
出 版 者—時報文化出版企業股份有限公司
108019 台北市和平西路三段二四〇號七樓
發行專線—(〇二) 二三〇六六八四二
讀者服務專線—〇八〇〇二三一七〇五
(〇二) 二三〇四七一〇三
讀者服務傳真—(〇二) 二三〇四六八五八
郵撥—一九三四四七二四時報文化出版公司
信箱—一〇八九九台北華江橋郵局第九九信箱

時報悅讀網—http://www.readingtimes.com.tw
思潮線臉書—https://www.facebook.com/trendage
法律顧問—理律法律事務所　陳長文律師、李念祖律師
印　　刷—家佑印刷有限公司
初版一刷—二〇二一年一月二十二日
初版十一刷—二〇二四年一月十九日
定　　價—新台幣三八〇元
(缺頁或破損的書，請寄回更換)

時報文化出版公司成立於一九七五年，
並於一九九九年股票上櫃公開發行，於二〇〇八年脫離中時集團非屬旺中，
以「尊重智慧與創意的文化事業」為信念。

第一人稱單數／村上春樹著；劉子倩譯. -- 初版. --
臺北市：時報文化出版企業股份有限公司，2021.01
256 面；14.8×21 公分
譯自：一人称単数

ISBN 978-957-13-8467-2（平裝）

861.57　　109018372

ICHININSHO TANSU
by Haruki Murakami

Originally published in Japan by Bungeishunju Ltd., Tokyo.
Chinese (in complex character only) translation rights arranged with
Haruki Murakami, Japan
through THE SAKAI AGENCY and BARDON-CHINESE MEDIA AGENCY.

ISBN 978-957-13-8467-2
Printed in Taiwan